Chapitre

ISBN : 978-2-02-096564-4
N° : 096564-1

François Leterrier

RUE CHARLOT

Seuil jeunesse

Pourquoi j'ai écrit ce livre…

Je suis né en 1929. J'avais treize ans en 1942, date à laquelle commence cette histoire, qui, sans être autobiographique, s'inspire beaucoup d'événements que j'ai moi-même vécus ou dont j'ai été le témoin. Je vivais à l'époque, comme mon héros, à Compiègne, et j'y ai vu de mes propres yeux défiler les Juifs que les soldats allemands escortaient de Royal-Lieu, centre de triage, à la gare où ils étaient embarqués dans les wagons qui les emmenaient dans les camps de concentration. Et c'est sans doute le souvenir de ce terrible spectacle et de copains de mon âge que j'ai vus un jour arriver en classe avec une étoile jaune cousue sur leur tablier qui m'a donné l'envie et le besoin d'écrire ce premier roman. L'histoire elle-même, celle d'un garçon qui laisse croire qu'il est juif par amour pour une jeune fille, et toutes les péripéties qui s'ensuivent sont imaginées. Mais l'Occupation, je l'ai bien vécue et, comme tous les gens de ma génération, j'en ai été marqué. Curieusement, j'ai retrouvé plus tard, sous la direction de Robert Bresson, l'occupant allemand et ses prisons dans Un condamné à mort s'est échappé, *film qui déterminera ma vocation de cinéaste.*

François Leterrier

Je m'appelle David, Bernard David. Je suis né à Compiègne et c'est là que je vivais pendant la guerre.

La ville était occupée par les Allemands et maman, chaque fois qu'elle devait prononcer notre nom de famille, ajoutait toujours :

– … mais nous ne sommes pas juifs.

Ça ne m'étonnait pas trop, puisque nous étions catholiques : j'avais été baptisé, j'avais suivi le catéchisme, j'avais fait ma première communion, ma confirmation et il m'arrivait encore de servir la messe de sept heures à l'église Saint-Jacques.

Le 19 juin 1942, il s'est passé quelque chose qui m'a profondément troublé : c'était un vendredi, nous avions la dernière composition de version latine de l'année et Jean Bilinski, mon meilleur copain de l'époque, est arrivé en classe avec une étoile jaune cousue sur sa blouse grise.

M. Charles, le professeur de lettres de cinquième A2, que nous surnommions Charlot, a fait comme s'il ne remarquait rien.

La version était un Cicéron beaucoup plus facile que le Tacite du deuxième trimestre, et je m'en suis plutôt bien tiré.

À la sortie, Bilinski m'a montré du doigt l'étoile à cinq branches au milieu de laquelle était inscrit le mot « juif » en caractères gothiques, et m'a dit :

– Tu as vu ? C'est ma mère qui me l'a cousue.

Et il a ajouté, assez fier de lui :

– Tu sais qu'on n'est pas beaucoup à avoir le droit d'en porter une.

– Où vous l'avez eue ?

– À la mairie, mais ils demandent un point de textile.

Le soir, en rentrant à la maison, j'ai tout raconté à maman.

– Ah bon ? a-t-elle dit. Ils sont juifs, les Bilinski ? Je croyais qu'ils étaient seulement polonais.

– Pourquoi est-ce qu'ils ont le droit de porter une étoile ?

– Ils ont pas le droit, ils sont forcés. C'est une loi.

– Une loi ?

– C'est pour qu'on puisse les reconnaître.

– Les reconnaître ?

– Les Juifs, tu vois, ce ne sont pas des gens comme nous. Tu n'as qu'à voir leur nez et leurs doigts crochus. Il n'y a que l'argent qui les intéresse. Ce sont des combinards, des rapaces, des grippe-sous. Ils cherchent toujours à rouler tout le monde. Maintenant qu'on va pouvoir les repérer, on se défendra mieux.

– Mais Bilinski, il est pas comme ça, il est très gentil…

– Ça n'empêche, a dit maman, il est quand même juif.

On a frappé à la porte.

C'était Franz, le soldat allemand qui habitait la chambre réquisitionnée.

Il portait un uniforme bleu ciel, parce qu'il était dans la Luftwaffe, l'armée de l'air allemande. Pas pilote de Messerschmitt ou de stuka, mais « rampant », comme on disait.

Il m'a tapoté la joue gentiment, comme il avait l'habitude de le faire.

– Alors, Bernard, ça va ? J'ai reçu lettre mon petit Hans… Pour lui aussi, bientôt grandes vacances. Et le papa ? Bonnes nouvelles ?

– Oui, a dit maman, nous avons eu une lettre ce matin.

– Ah ! Malheur la guerre… a dit Franz en me tendant un petit paquet.

Je l'ai ouvert : il contenait deux fines tranches de pain noir comme du charbon et un petit morceau de margarine.

– Merci, a dit maman.

– Pas de quoi, a répondu Franz en souriant. Bonsoir.

Dès que la porte a été refermée, maman m'a pris le paquet des mains, elle est allée dans la cuisine et l'a jeté dans la poubelle.

– Il ne croit tout de même pas qu'on va manger ces saloperies !

Ce vendredi-là, nous avions Hervé à dîner. Maman était allée à vélo dans une ferme de Clairoix acheter un poulet, des pommes de terre, du beurre et des œufs. Au marché noir, évidemment.

Hervé était mon parrain. Enfin, ce n'était pas vraiment mon parrain, mon vrai parrain avait été tué dans le premier bombardement de Compiègne, en mai 1940. Mais ma mère disait que c'était plus simple que j'appelle Hervé parrain.

Comme mon père était prisonnier, il venait souvent à la maison et s'occupait de mon éducation. Il remplaçait un peu mon père. C'était lui, par exemple, qui, à Noël, en voyant mon bulletin du premier trimestre, avait décidé que je prendrais des cours particuliers avec Borniol, le professeur de maths de cinquième, que nous surnommions Croque-mort.

Ce soir-là, ils ont parlé de cette histoire d'étoile jaune et d'un médecin juif qui habitait en face de chez Hervé et qui n'en avait pas mis. Hervé se demandait s'il fallait le dénoncer.

Hervé avait vingt-cinq ans. Au début de la guerre, il était chauffeur d'un officier de spahis de Senlis et, quand les Allemands avaient attaqué, ils étaient partis, son officier et lui, à fond de train, jusqu'à Montauban. C'est comme ça qu'il n'avait pas été fait prisonnier, à la différence de mon père qui, lui, était sur la ligne Maginot.

Maintenant, Hervé travaillait comme barman à l'Hôtel du Château, qui avait été réquisitionné par les

Allemands ; les officiers y recevaient leurs amis et parfois leurs femmes, qui venaient spécialement d'Allemagne pour passer quelques jours en France et surtout acheter des robes, des bas de soie et des parfums. Ils les emmenaient à Paris et aussi à Rethondes voir la clairière où en 1940 avait été signé l'armistice. Hitler avait voulu qu'il soit signé au même endroit et dans le même wagon que celui de la guerre de 14-18, pour bien montrer que c'était la revanche de l'Allemagne. Après quoi, le wagon avait été transporté en Allemagne afin que tous les Allemands puissent le visiter.

Maman et Hervé ont discuté longtemps de cette histoire d'étoile jaune, mais moi je suis allé me coucher, car j'avais classe le lendemain matin.

Dans la nuit, il y a eu une alerte.

Nous étions habitués, il y en avait une presque toutes les nuits. On entendait passer les avions, des forteresses volantes, quelques coups de canon de DCA, puis plus rien. On savait qu'ils repasseraient trois heures plus tard : ils allaient lâcher leurs bombes sur l'Allemagne et revenaient à vide. Au collège, certains prétendaient que les moteurs ne faisaient pas le même bruit à l'aller qu'au retour, parce que les avions étaient plus légers, mais je n'ai jamais remarqué la différence.

Cette nuit-là, quand le silence est revenu, j'ai entendu chuchoter dans la chambre de maman et je me suis dit tout à coup qu'Hervé avait dû rester coucher à la maison. En général, il partait avant le couvre-feu.

Alors, je ne sais pas pourquoi, je me suis forcé à pleurer.

Maman a dû m'entendre, car elle est arrivée très vite, elle était en chemise de nuit et j'ai aperçu ses seins, qui étaient assez gros, lorsqu'elle s'est penchée sur moi.

Elle a certainement cru que j'avais eu un cauchemar. J'en faisais souvent depuis l'évacuation où on avait été bombardés sur la route par des stukas qui piquaient avec des hurlements de sirènes. Elle a essayé de me calmer, mais je lui ai dit que je voulais aller dormir dans son lit. Elle n'a pas osé refuser. Elle m'a emmené jusqu'à sa chambre et, au passage, j'ai aperçu Hervé, en caleçon dans la cuisine, penché sur l'évier, en train de boire au robinet.

Dans le grand lit, je me suis couché sur le côté en chien de fusil, tourné vers le mur. Maman m'a caressé doucement les cheveux et le front. Je me suis calmé et j'ai fait semblant de m'endormir.

Les yeux fermés, j'ai entendu Hervé dire à voix basse :

– Il dort ?

– Je crois que oui...

Alors, j'ai senti qu'il se glissait dans le lit, de l'autre côté de maman.

Le jeudi suivant, à neuf heures, j'étais chez Croque-mort, mon prof de maths. C'était mon dernier cours particulier de l'année et il avait voulu que nous fassions ce qu'il appelait un « bilan » de mes connaissances en géométrie. Nous en étions au triangle isocèle quand on a frappé à la porte. C'était la voisine du dessus. Elle avait mal boutonné son peignoir à fleurs et on voyait en dessous sa combinaison, qui était rose avec de la dentelle. Elle a dit qu'il fallait fermer tous les volets donnant sur la rue.

– Et pourquoi donc ? lui a demandé Croque-mort.

– C'est un Fritz qui est venu nous prévenir. Il y en a plein, en bas, dans la rue…

Croque-mort est allé regarder par la fenêtre du salon. Je suis resté dans le bureau. La voisine l'a suivi. J'ai vu Croque-mort glisser sa main sous le peignoir de la voisine et elle lui a donné une grande tape sur la main. Il a rigolé, elle a haussé les épaules d'un air furieux et elle est partie rapidement en claquant la porte. Croque-mort a ouvert une fenêtre et m'a crié de venir l'aider à fermer les volets.

Il y avait des soldats allemands avec des casques sur les trottoirs de chaque côté de la rue et ils visaient les façades des maisons avec leurs fusils. Nous avons fermé les volets. L'un des soldats nous a regardés faire et m'a adressé un petit salut amical de la main. Tous les volets de la rue étaient déjà fermés et les magasins avaient tiré leurs rideaux.

Nous sommes restés là, derrière les volets, pour voir ce qui allait se passer.

Il y avait un grand silence, un silence un peu bizarre.

Et puis, venant de la tour Beauregard, cette tour dans laquelle on dit que Jeanne d'Arc a été enfermée et dont il ne reste plus qu'une moitié, nous avons vu arriver des gens, des hommes en chapeau avec des sacs et des valises et, comme ils se rapprochaient, nous avons remarqué qu'ils avaient tous des étoiles jaunes, comme celle de Bilinski, sur la poche de leur veston ou de leur pardessus. Ils marchaient en rangs par cinq et ne levaient pas les yeux vers les volets fermés derrière lesquels des dizaines d'yeux écarquillés les regardaient passer.

En nous penchant un peu, nous pouvions les voir tourner à gauche, sur le pont de bois que les Allemands avaient construit à côté des ruines de l'ancien pont de pierre, celui qui avait sauté en mai 1940 et dont nous avions retrouvé des morceaux jusque devant notre porte. Ils allaient à la gare.

Croque-mort se marrait. Il a dit en ricanant :

– Voilà un défilé qui ferait bicher Céline…

J'ignorais qui était cette Céline, peut-être sa sœur ou sa poule, car il était célibataire, mais je ne voyais pas en quoi le spectacle de ces pauvres prisonniers aurait pu la faire bicher, comme il disait.

Nous avons regardé les prisonniers avancer et, tout à coup, j'en ai vu un qui sortait rapidement une enveloppe de sa poche et la laissait tomber par terre. Elle a rebondi sur le pavé, a glissé et est allée se coincer contre la bordure du trottoir, au pied d'un bec de gaz.

Personne, visiblement, ne s'en était aperçu.

Le défilé a duré vingt bonnes minutes et, à la fin, un camion vert-de-gris a ramassé les soldats. Ils y bondissaient, l'un après l'autre, comme des grenouilles, et parfois s'étalaient au milieu de leurs copains qui rigolaient. Les volets ont commencé à se rouvrir.

Croque-mort a regardé sa montre. L'heure de la fin du cours était dépassée.

– Tu diras à ta mère que ton niveau en maths est satisfaisant. Révise bien le théorème de Pythagore…

Et il a ajouté d'un air entendu :

– Ça ne m'étonnerait pas que ce soit cette question-là qui sorte à la composition de fin d'année…

Je lui ai tendu l'enveloppe que maman me donnait chaque fois pour lui. Il en a vérifié le contenu d'un coup d'œil, l'a posée sur son bureau et m'a raccompagné à la porte.

Dans la rue, je me suis approché du bec de gaz : l'enveloppe que l'homme avait laissée tomber n'avait pas bougé. Je me suis penché rapidement, je l'ai ramassée et mise dans ma poche.

Rentré à la maison, je me suis enfermé dans les toilettes pour l'examiner.

C'était une enveloppe blanche cachetée sur laquelle étaient inscrits un nom et une adresse :

Samuel Lévy, libraire
*36 bis, rue Charlot, Paris IIIe*
de la part de Roland

J'ai d'abord été surpris : j'ignorais qu'il y eût à Paris une rue Charlot. Je me suis dit que c'était le genre de découverte qui pourrait faire rigoler les copains, parce que c'était le surnom qu'on donnait à notre prof de lettres.

Je me suis dit aussi que, vu le nom du destinataire, il valait mieux ne pas parler de cette histoire à maman, car elle avait l'air de ne pas aimer beaucoup les Juifs.

J'ai donc décidé de mettre la lettre en lieu sûr.

Le jour où papa avait été mobilisé, en 1939, il m'avait pris à part et m'avait annoncé que j'allais être maintenant le seul homme de la maison et qu'il voulait me montrer quelque chose.

Il m'avait conduit dans son bureau, une pièce de la maison où je n'entrais jamais car c'est là qu'il recevait ses clients.

Près de la bibliothèque, il avait relevé un coin du tapis pour découvrir une lame du parquet. Il l'avait soulevée avec la pointe d'un coupe-papier et là, dans un petit espace entre deux solives, se trouvait un objet dont il m'avait dit que nous serions désormais deux à savoir qu'il était là. Entouré d'une bande de gaze un peu grasse, c'était un gros revolver bien huilé pour éviter la rouille. C'était, m'avait confié papa, une arme que lui avait donnée son père et qui datait de la guerre de 14. J'avais juré de ne jamais en parler.

Lorsque nous étions revenus d'évacuation, la première chose que j'avais faite avait été d'aller vérifier que le revolver était encore là : il y était bien. La maison avait été pillée, les placards avaient été vidés, il y avait des verres et des bouteilles cassés sur le canapé du salon et les draps des lits étaient pleins de taches raides dont maman parlait à voix basse avec la voisine, mais la cachette du revolver n'avait pas été découverte.

Elle m'a paru un endroit idéal.

J'ai donc mis à côté du revolver l'enveloppe que j'avais ramassée tout en me demandant comment j'allais m'y prendre pour la faire parvenir à son destinataire. J'aurais pu évidemment y mettre un timbre et l'envoyer par la poste, mais j'ai pensé que cela risquerait d'attirer l'attention sur ce M. Lévy que je ne connaissais pas, mais qui n'avait peut-être pas envie de recevoir une lettre à son nom, puisqu'il était certainement juif lui aussi et qu'il avait sans doute eu la chance de ne pas être encore arrêté, contrairement à l'homme qui lui avait écrit ce mot.

D'ailleurs, le fait qu'il y avait écrit sous l'adresse « de la part de Roland » semblait indiquer qu'il fallait remettre cette lettre de la main à la main.

L'année scolaire touchait à sa fin. Il avait été décidé que j'irais passer les grandes vacances chez la tante Patin, près de Mortagne, en Normandie. Maman trouvait qu'un séjour à la campagne ne pourrait me faire que du bien, d'autant que la tante Patin n'avait pas de problèmes de ravitaillement.

La tante Patin était la sœur aînée de maman et elle était veuve. Elle s'appelait en fait Geneviève, mais nous la surnommions Patin parce qu'elle exigeait qu'on mette des patins pour circuler dans sa maison. En plus, elle voulait tout le temps m'embrasser et, comme elle avait de la moustache, je détestais ça.

C'est chez elle que nous étions allés en évacuation, en mai 1940. Et c'est sur la place du petit village qu'elle habitait que j'avais vu mon premier soldat allemand. C'était un motocycliste qui était arrivé tout tranquillement, après que les soldats français eurent évacué le village à la demande du maire qui avait peur qu'il fût bombardé. Il avait arrêté sa moto devant la fontaine et, pendant qu'il se rafraîchissait, la moto avait pris feu. Tous les gens qui étaient sortis de chez eux par curiosité avaient paniqué : certains disaient que l'Allemand allait croire que c'était un sabotage et fusiller des otages en représailles. Lui, il avait simplement ôté son grand manteau de cuir gris et l'avait jeté sur la moto pour étouffer le feu, ce qui lui avait valu un murmure d'admiration.

Le dernier jour de classe, nous n'avions pas cours en première heure et, lorsque je suis sorti de la maison pour aller au collège, le courrier était dans la boîte aux lettres. Je l'ai pris pour le monter à maman et j'ai vu tout de suite une lettre dont le cachet de la poste, sur le timbre qui représentait le maréchal Pétain de profil, indiquait Mortagne. C'était forcément une lettre de la tante Patin, puisqu'elle avait l'habitude d'aller poster ses lettres en ville, directement à la poste de Mortagne, ce qui lui permettait, comme elle disait, de tailler une bavette avec Mariette, la postière, avec qui elle avait été à l'école communale.

Je ne sais pas pourquoi, mais l'arrivée de cette lettre, quelques jours avant mon départ, m'a intrigué et, au lieu de la donner à maman, je l'ai mise dans mon cartable.

À la récré, je suis allé dans les cabinets, j'ai ouvert la lettre en faisant rouler doucement un crayon entre le rabat et l'enveloppe, pour pouvoir la recoller sans que personne puisse s'apercevoir que je l'avais lue.

La tante Patin écrivait qu'elle préférait que j'arrive par le train du soir, celui qui partait de la gare Saint-Lazare à 16 h 50, parce qu'elle avait rendez-vous à Mamers avec un docteur qui devait lui faire une dernière piqûre pour ses varices, car il prenait ses vacances le lendemain. Son voisin devait l'y conduire dans sa carriole et, au retour, ils passeraient me chercher à la gare de Mortagne.

Elle ajoutait que, si c'était d'accord, ce n'était pas la peine de lui répondre, mais que si ce n'était pas possible et que j'arrive donc lundi midi, il fallait téléphoner à la poste et le dire à Mariette, qui enverrait quelqu'un me chercher à la gare et me garderait à la poste jusqu'au soir.

– Hé !… Goliath !… (mes copains me surnommaient Goliath, à cause de « David et Goliath ») qu'est-ce que tu fous ? m'a crié Bilinski, qui avait reconnu mes galoches sous le battant de la porte, tu te branles, ou quoi ?

Sans hésitation, j'ai déchiré la lettre en petits morceaux, je l'ai jetée dans le trou des toilettes à la turque et j'ai tiré la chasse.

J'avais un plan.

Je ne dirais rien à maman, je partirais comme prévu le lundi 13 juillet au matin. À Paris, j'irais rue Charlot porter la lettre pour M. Lévy et ensuite je prendrais le train de 16 h 50 à la gare Saint-Lazare.

Le samedi 11 juillet, c'était la distribution des prix. Elle avait lieu comme d'habitude dans la grande salle du Théâtre du Château. Le principal du collège a fait un discours où il parlait du Maréchal qui avait sauvé la France et qu'il fallait aider de toutes nos forces. Il a été très applaudi.

Ensuite, tout le monde s'est levé et a entonné « Maréchal, nous voilà !… ».

J'ai eu un premier prix de version latine et on m'a donné *Sans famille* dans la Bibliothèque verte. Je l'avais déjà lu, mais j'ai fait comme si j'étais content et j'ai remercié Charlot qui distribuait les prix aux élèves de notre classe.

Il m'a dit :

– Félicitations, David. Tu l'as bien mérité. Passe de bonnes vacances.

Moi, je ne pensais qu'à une chose : mon départ du surlendemain.

Le lundi, maman est venue me conduire à la gare à pied. Elle avait voulu que je prenne mon sac à dos, mon sac de camping, plutôt qu'une valise et, comme, pour voyager, j'avais mis mes pantalons longs, je trouvais que ça faisait un peu ridicule.

Le train partait à 9 h 17. Nous étions en avance et maman en a profité pour me faire ses dernières recommandations concernant le voyage.

Quand le train est entré en gare, elle a glissé un papier plié en quatre dans la poche de mon blouson.

– C'est un certificat de baptême… On ne sait jamais, s'il y avait un contrôle dans le train, ça prouvera que tu n'es pas juif.

Et elle m'a embrassé en me disant de ne pas faire tourner en bourrique la tante Patin.

À Creil, les sirènes se sont mises à hurler, le train s'est arrêté et on nous a tous fait descendre dans une tranchée entourée de sacs de sable qui servait d'abri.

Il ne s'est rien passé. On a entendu la DCA allemande qui tirait du côté de Chantilly, où il y avait un dépôt de munitions, c'est ce qu'a dit un type avec un vieux béret crasseux sur la tête qui avait l'air d'être au courant, et puis la fin d'alerte a sonné et on est remontés dans le train.

J'étais un peu inquiet parce que je ne connaissais pas Paris. Nous y étions allés le 14 juillet 1939, avec papa, pour voir le défilé, mais un camion nous était rentré dedans près du Bourget et nous avions passé la journée à l'hôpital Lariboisière. Rien de grave, des contusions.

À Paris, à la sortie de la gare du Nord, j'ai demandé à un agent de police où se trouvait la rue Charlot. Il a regardé sur son plan et m'a dit qu'il fallait prendre le métro, changer à « République » et descendre à « Filles-du-Calvaire ». Ensuite, suivre le boulevard du Temple en direction de la place de la République : la rue Charlot est la deuxième à gauche.

Je suis descendu dans le métro, j'ai acheté un ticket, j'ai suivi les pancartes et je suis arrivé sur le quai au moment où le poinçonneur fermait le portillon. Il m'a quand même laissé passer, j'ai couru et je suis monté de justesse dans le dernier wagon.

Tous les voyageurs portaient une étoile jaune comme celle de Bilinski, je n'en avais jamais vu autant. Comme j'étais le seul à ne pas en avoir, j'ai eu l'impression désagréable qu'ils me regardaient de travers.

À la station République, dans un long couloir, j'ai croisé un groupe de permissionnaires allemands très jeunes, bras dessus bras dessous avec des filles françaises, qui riaient très fort et chantaient à tue-tête *Lili Marleen*.

Une dame a crié :

– C'est une honte !... Attendez un peu que la guerre soit finie !...

Et une autre lui a dit :

– Taisez-vous donc, vous allez vous faire arrêter.

Je suis sorti du métro à « Filles-du-Calvaire », j'ai pris le boulevard du Temple et j'ai trouvé la rue Charlot. Je l'ai descendue jusqu'à une petite place avec une sorte de fontaine.

Il n'y avait pas grand monde dans la rue. J'ai croisé quelques personnes qui portaient elles aussi des étoiles jaunes et qui se parlaient dans une langue qui ressemblait à de l'allemand.

Le 36 bis était un peu plus loin, juste en face d'un petit marché couvert.

C'était un magasin avec une enseigne :

LIVRES ANCIENS, MANUSCRITS,
AUTOGRAPHES

et, sur la vitrine, un écriteau « *Judisches Geschäft* – Entreprise juive », en grosses lettres noires sur fond ocre. À côté, il y avait une autre affiche, rouge celle-là, avec pas mal de phrases en allemand et, en français : « Direction assurée par un commissaire gérant aryen nommé par application de l'ordonnance allemande du 19 octobre 1940. »

Il n'y avait rien à l'étalage, mais le magasin était ouvert. J'ai poussé la porte. Un petit grelot a tinté, une dame blonde avec des lunettes est sortie de derrière une tenture et m'a demandé ce que je désirais.

– J'apporte une lettre pour M. Lévy.

– M. Lévy ?... Il n'est pas là... Il n'habite plus ici depuis longtemps...

J'ai sorti l'enveloppe de ma poche, elle me l'a prise des mains, l'a examinée et a relevé les yeux vers moi d'un air interrogatif.

– Je l'ai ramassée dans la rue, à Compiègne, après le passage des prisonniers de Royal-Lieu...

Elle m'a souri et m'a rendu l'enveloppe.

– Tu vas entrer dans la cour, tu prendras l'escalier du fond, tu monteras au troisième, tu frapperas trois petits coups à la porte de droite et tu diras que tu apportes des nouvelles de Roland.

Juste à côté du magasin, une grande porte cochère en bois sculpté ouvrait sur une cour pavée. Sous la voûte, j'ai trouvé, derrière une porte vitrée, un petit escalier dont les marches étaient en carrelage plutôt glissant et la rampe en fer forgé noir. Ça sentait le pipi de chat.

Il y avait deux portes, sur le palier du troisième, une en face et une à droite.

J'ai frappé trois coups sur celle de droite, d'abord doucement, et, comme on ne répondait pas, une deuxième fois, plus fort.

La porte s'est entrebâillée sur le visage d'une fille de mon âge, très brune, très pâle, avec des yeux brillants et cernés. Ça a été comme une apparition. Elle était belle, elle ressemblait un peu à l'actrice qui jouait Catherine dans *L'Assassinat du père Noël*, ce film qui m'avait tellement plu. Je me suis dit que je ne pourrais jamais l'oublier.

Elle m'a interrogé du regard :

– J'apporte une lettre pour M. Lévy.

– Il n'y a pas de M. Lévy ici…

– C'est la dame du magasin, en bas, qui m'a dit de monter… Elle m'a dit de vous dire que c'étaient des nouvelles de Roland…

Son visage s'est éclairé brusquement. Elle m'a souri et ça l'a rendue encore plus belle. Elle avait un sourire angélique. Elle m'a dit d'entrer.

Je l'ai suivie dans un couloir assez sombre jusqu'à un salon avec des meubles anciens, dont certains étaient recouverts de housses blanches, et une petite cheminée en marbre.

Sur la cheminée, j'ai tout de suite reconnu dans un cadre la photo de l'homme que j'avais vu passer à Compiègne, mais là il portait une robe noire d'avocat.

La fille a crié :

– Maman, grand-père, venez vite, c'est une lettre de papa !…

Un homme grand et maigre, avec un châle sur les épaules et, sur la tête, un calot militaire bleu horizon, est arrivé, venant d'un bureau, au fond du salon, puis l'autre porte s'est ouverte sur une dame très brune de l'âge de maman qui s'essuyait les mains sur son tablier de cuisine.

Ils m'ont regardé. J'ai tendu l'enveloppe. C'est le vieux monsieur qui l'a prise. Il l'a ouverte avec précaution, en a sorti une feuille de cahier Seyès pliée en quatre, l'a dépliée et s'est mis à lire tout haut. Sa voix tremblait un peu.

Chère famille,

Nous partons vers l'Est (Allemagne ? Pologne ?). Je suis en bonne santé. Je me fais beaucoup de souci pour vous. Je ne suis pas tranquille de vous savoir à Paris, où tout peut arriver. Je pense que vous devriez tous retourner là où vous étiez pendant l'évacuation. Je sais que papa ne veut pas s'éloigner de sa boutique, mais Henriette s'en occupera très bien. Je ne sais pas quand je pourrai vous donner de mes nouvelles. Je vous embrasse tous les trois.

Roland

La fille et sa mère avaient les larmes aux yeux. Le vieux monsieur, très ému lui aussi, est resté un moment silencieux puis s'est tourné vers moi.

– Comment t'appelles-tu ?

– David, Bernard David…

J'ai failli ajouter ce que maman ajoutait toujours dans ces cas-là, « mais je ne suis pas juif », puis j'ai pensé qu'il ne valait mieux pas.

– Moi, c'est Samuel Lévy, a dit le vieux monsieur en me tendant la main, mais tout le monde m'appelle Sami. Et voilà Simone, ma belle-fille, et Nicole, ma petite-fille. Maintenant, raconte-nous comment tu as trouvé cette lettre.

Je leur ai expliqué tout en détail, mais ils voulaient toujours en savoir plus, comment était le prisonnier qui avait laissé tomber la lettre, s'il avait l'air en bonne santé, s'il avait ses lunettes et aussi combien ils étaient, si on les forçait à marcher vite, si les Allemands les frappaient et où on les emmenait.

Je leur ai dit qu'ils allaient à la gare et que j'avais entendu dire qu'il en partait tous les jours : les élèves qui venaient de Margny ou de Venette arrivaient souvent en retard au collège car les passages à niveau étaient interdits parfois toute la matinée, jusqu'au départ du train.

– Assieds-toi, m'a dit la dame. Est-ce que tu veux un verre de lait ? Le crémier en avait exceptionnellement hier soir.

Nicole ne me quittait pas des yeux. J'étais un peu gêné. Elle me dévisageait.

Tout à coup, elle m'a dit :

– Tu n'as pas d'étoile ?

– Laisse-le tranquille, a dit Sami, chacun fait comme il veut.

C'est à ce moment-là que j'aurais dû leur dire que je n'étais pas juif, parce que visiblement ils pensaient que je l'étais, à cause de mon nom, mais j'ai répondu :

– Maman ne veut pas que je la mette.

– Elle a bien raison, a dit Nicole. Je vous ai toujours dit qu'on n'aurait jamais dû en porter.

– Mais c'est la loi, a dit son grand-père. Il faut respecter la loi.

– Tu es venu spécialement de Compiègne ? m'a demandé Mme Lévy.

Je leur ai expliqué qu'en fait je partais en vacances chez une de mes tantes qui habitait en Normandie et que je devais prendre le train de 16 h 50 à la gare Saint-Lazare.

– Alors tu vas rester déjeuner avec nous.

– Oui, oui, reste, a renchéri Nicole avec enthousiasme.

– Ça ne sera pas un festin, s'est excusée Mme Lévy. Enfin, on se débrouille. En plus, on n'a le droit de faire les courses qu'entre trois et quatre heures de l'après-midi. À cette heure-là, tu penses bien qu'il ne reste plus grand-chose… Ça doit être plus facile en province. Au fait, je te préviens, nous ne mangeons pas casher…

Je n'ai rien répondu, je n'avais jamais entendu ce mot, je ne savais pas ce qu'il voulait dire.

Sami a dû remarquer mon étonnement. Il a dit :

– Il s'en contrefiche, vous voyez bien, Simone, arrêtez avec toutes ces bêtises, ma fille…

– Tout le monde n'est pas un mécréant comme vous. Même Roland ne comprend pas votre attitude.

– Je suis un Français, républicain, athée et anticlérical, c'est pourtant simple.

Le déjeuner était assez bon et Nicole a vanté les qualités de cuisinière de sa mère, qui arrivait à faire des miracles malgré les restrictions.

Ils ont voulu que je leur parle de moi, de mes études et de ma famille. Je leur ai dit que mon père était prisonnier de guerre au Stalag 17 B dans la région de Nüremberg et que ma mère avait repris son métier de comptable qu'elle faisait avant ma naissance.

Ils m'ont demandé aussi si nous n'avions pas eu d'ennuis et j'ai répondu que non.

Nous en étions au dessert quand on a frappé trois petits coups à la porte d'entrée.

Il y a eu un grand silence, puis Nicole s'est levée et est allée jusqu'au bout du couloir. Elle a regardé par un petit trou qui avait dû être percé exprès, puis elle s'est retournée et a dit :

– C'est Mme Lelièvre.

– Ouvre-lui, a ordonné Mme Lévy.

Cette Mme Lelièvre avait dû courir et grimper quatre à quatre les escaliers, car elle était toute rouge et essoufflée. Elle m'a aussi semblé très grosse. Avec les restrictions, on n'était plus tellement habitués. Elle s'est laissée tomber dans un fauteuil. Elle avait l'air toute retournée.

Elle a repris son souffle, puis lancé :

– Cette fois-ci, ça y est, la rafle, c'est décidé. C'est pour jeudi prochain.

Le mari de Mme Lelièvre était agent de police. On ne les avait pas encore prévenus officiellement à la préfecture, mais il y avait eu, comme elle disait, des fuites, parce qu'ils avaient prévu de réquisitionner des autobus pour transporter les gens qu'on arrêterait.

– Ils ne vont ramasser que les Polaks… a dit Sami.

Polak, c'est déjà comme ça que Varault, le fort en thème de la classe, appelait Bilinski, et j'ai été surpris d'entendre ce mot dans la bouche de M. Lévy. Il avait l'air de ne pas aimer les Polonais.

– On n'en sait rien, a répondu Mme Lelièvre, ils vont peut-être ramasser tous les Juifs du quartier, quelle que soit leur nationalité. Il faut absolument que vous partiez. C'est trop dangereux.

Sami a réfléchi. Tout le monde se taisait.

– Roland a raison, a insisté Mme Lévy. Nous devrions retourner chez les Vigneron, à Hautibœuf.

– C'est en zone libre ? a demandé Mme Lelièvre.

– Oui, a dit Mme Lévy. C'est là que nous avons passé l'évacuation.

– Mais vous n'avez pas d'*Ausweis*…

– Ils nous ont écrit que leur cousin Baudonnet, qui est instituteur près de Moulins, en zone occupée, pourrait nous aider à passer la ligne de démarcation.

– Il a le téléphone, cet instituteur ?

– Oui.

– Venez tout de suite lui téléphoner de chez moi, a suggéré Mme Lelièvre en se levant. Il n'y a pas de temps à perdre.

– Si vous croyez que c'est la meilleure solution… a dit Sami.

Mme Lévy a enfilé un paletot sur lequel était cousue une étoile et a suivi Mme Lelièvre.

Sami s'est levé et a conclu :

– Je ne sais pas si tout ça est bien raisonnable.

Puis il est allé dans son bureau.

Je suis resté seul avec Nicole, face à face. J'étais à la fois content et intimidé.

Elle me regardait dans les yeux, me souriait d'un drôle d'air et je la trouvais toujours aussi belle. Je me disais que j'étais en train de tomber amoureux. C'était une drôle de sensation, une sensation nouvelle, car ça ne m'était jamais arrivé. Ou alors, une fois, à la maternelle, mais ça ne compte pas. Là, j'étais paralysé, un peu comme dans ce jeu où l'on doit s'immobiliser quand celui qui colle se retourne brusquement pour éliminer ceux qui ont bougé. On aurait juré que le regard de Nicole me changeait en statue de sel, comme la femme de Loth dans l'Ancien Testament.

Brusquement, elle m'a dit :

– Il faut que tu viennes avec nous. Sinon tu vas te faire arrêter, tu as entendu Mme Lelièvre.

C'est à ce moment-là que j'aurais dû lui dire que je n'étais pas juif et que j'avais même dans la poche de mon blouson le certificat de baptême que ma mère m'avait donné sur le quai de la gare de Compiègne, le même quai où son père avait dû embarquer avec les autres Juifs de Royal-Lieu dans ces wagons de marchandises qu'on voyait souvent circuler à vide et sur lesquels était inscrit « Hommes 40, Chevaux 8 ».

Mais je ne pouvais pas parler, ou plutôt je ne voulais pas, parce que, dès cet instant, il était décidé dans ma tête que je partirais avec elle.

– Est-ce que tu as des faux papiers ? m'a demandé Nicole.

– Des faux papiers ?

– Oui, une carte d'identité avec un faux nom, pas un nom juif. Nous, par exemple, on s'appelle Leroy.

– Leroy ?

– Oui, c'est papa qui avait choisi ce nom-là parce que c'est pas très loin de Lévy.

– Mais alors, pourquoi ils l'ont arrêté ?

– Parce qu'il était très connu à Paris comme avocat. Quand ils sont venus l'arrêter, au mois de décembre de l'année dernière, là où on habitait avant, avenue Henri-Martin, ils savaient très bien qui il était.

– Mais comment je pourrais faire pour avoir des faux papiers ?

– On va demander à grand-père.

Elle s'est levée et est allée jusqu'à la porte du bureau de Sami. Elle était très cambrée, un peu à la manière d'une danseuse, et elle avait une façon de marcher, en tournant légèrement les hanches, qui m'a donné comme un coup dans l'estomac.

Elle a frappé. Sami a dit d'entrer.

Je me suis levé, je l'ai rejointe et nous sommes entrés tous les deux.

C'était une grande pièce assez sombre, avec une grande bibliothèque pleine de livres et des tableaux poussiéreux. Sami était en train de cacher des pièces jaunes sous la doublure en velours d'un étui à violon.

– Grand-père, a expliqué Nicole, Bernard n'a pas de faux papiers. Comment on va faire pour l'emmener ?

– Parce qu'on l'emmène ? a dit Sami, l'air étonné.

– Tu ne voudrais pas qu'il se fasse arrêter ?

– Tu as une carte d'identité ? m'a demandé Sami.

J'en avais une, je l'ai sortie de la poche intérieure de mon blouson et je la lui ai tendue.

Il était en train de l'examiner quand une drôle de petite sonnette a retenti.

Il s'est levé et il est allé mettre l'oreille contre une sorte d'entonnoir, près de la bibliothèque, et on a entendu alors distinctement la voix de la dame du magasin d'en bas qui disait :

– J'avais un client, un officier allemand, je n'ai pas pu vous parler. Que se passe-t-il ?

– Est-ce que vous pourriez monter tout de suite, ma petite Henriette ? Fermez le magasin et venez.

Puis il s'est rassis, a ouvert le tiroir de son bureau, en a sorti une carte d'identité sur laquelle rien n'était encore inscrit et me l'a montrée.

– Tu vois, moi, je n'ai jamais voulu de faux papiers. C'est illégal. Et puis je n'ai pas envie de changer mon nom. Je suis français, je me suis toujours appelé Lévy et c'est sous le nom de Lévy que Pétain m'a décoré à Verdun. Alors, sur les trois cartes que nous a procurées M. Lelièvre, il m'en reste une qui n'a pas servi… Nicole va la remplir pour toi. Elle est très adroite, tu verras.

Nicole a pris la carte.

– Le mieux, a-t-elle dit, c'est qu'il s'appelle Bernard Leroy, comme si c'était mon petit frère.

– Ton petit frère ? Il est plus grand que toi…

– Quel âge tu as ? m'a demandé Nicole.

– Treize ans.

– Et moi quatorze. Tu vois, tu pourrais très bien être mon petit frère.

Nous sommes allés dans la cuisine. Elle a décollé la photo de ma carte d'identité en la passant dans la vapeur d'une casserole d'eau bouillante, puis elle m'a emmené dans sa chambre.

C'était une très jolie chambre, tapissée de papier à fleurs, avec des poupées sur le dessus-de-lit blanc, des aquarelles au mur et des photos dans des cadres dorés sur la cheminée.

– C'est ma chambre chez grand-père, m'a-t-elle dit, mais si tu avais vu ma vraie, avenue Henri-Martin... Enfin, on a quand même réussi à rapporter le piano.

– Tu en joues ?

– Pas très bien. Papa, lui, c'est un grand violoniste. Quelquefois je l'accompagnais, mais pour des morceaux faciles.

Dans le tiroir de son petit bureau, il y avait une boîte en fer fermée à clef : elle l'a ouverte et y a pris un pot de colle blanche, celle qui a l'odeur d'amande amère.

Elle a collé ma photo sur la carte toute neuve. Ensuite elle a rempli les cases avec un stylo Waterman marbré rouge et noir à plume rentrante, le même modèle que celui qu'on m'avait offert pour ma première communion.

À « lieu de naissance », elle a mis Abbeville, comme pour elle.

– C'est une ville du Nord. On a eu une femme de ménage qui en venait et elle nous a raconté que la ville avait été complètement détruite en 1940, il n'y a plus de mairie, plus d'archives, plus de registres d'état civil… C'est important, parce que, comme ça, il n'y a aucune vérification possible.

J'ai trouvé ça assez malin.

Pour finir, elle a pris dans la boîte un gros bouchon de liège sur lequel elle m'a expliqué qu'elle avait déjà gravé avec une lame de rasoir le dessin du cachet de la préfecture de police, elle l'a pressé sur un tampon encreur, comme celui que papa avait dans son bureau, et l'a appliqué au coin de ma photo, là où il y avait déjà la trace de l'autre cachet, celui de mon ancienne carte : ça bavait un peu, mais on ne voyait pas la différence.

Elle m'a tendu la carte avec un sourire triomphant.

– À partir de maintenant, n'oublie pas que tu t'appelles Bernard Leroy. Et surtout, fais bien attention : il faut que tu appelles maman « maman » et grand-père « grand-père »…

Je me suis jeté à l'eau.

– Et toi, je dois t'appeler comment ?

Elle a marqué un temps d'hésitation et a dit :

– Nicole, je m'appelle Nicole.

Mme Lévy est revenue.

Elle a entrouvert la porte du bureau de Sami et lui a annoncé :

– J'ai eu M. Baudonnet. C'est d'accord. Il nous attend.

– Bernard va venir avec nous, a dit Nicole.

– Tu crois ?

– Sinon, ils vont l'arrêter.

– Tu veux venir avec nous, Bernard ? m'a demandé Mme Lévy.

J'ai dit oui.

– Mais alors il faut prévenir ta tante. Elle va s'inquiéter si elle ne te voit pas arriver. Elle a le téléphone ?

– Non, mais on peut téléphoner à la postière. C'est une amie à elle et elle la prévient.

– L'ennui, c'est que nous n'avons plus le téléphone. Ils ont ramassé les appareils de tous les Juifs du quartier. Et Mme Lelièvre n'est pas chez elle. Elle est allée chercher son petit-fils à l'école.

– On va aller à la poste, a décidé Nicole.

– Tu es bien sûr de vouloir venir avec nous ? m'a redemandé Mme Lévy.

– Oui, oui, a dit Nicole. Je lui ai fait des faux papiers comme à nous.

Nicole a enfilé une veste sans étoile. Mme Lévy le lui a fait remarquer.

– On s'appelle Leroy, maintenant !... On n'a plus besoin d'étoile.

À la poste, comme je n'avais pas envie de tomber sur Mariette, qui me demanderait des explications, j'ai pensé qu'il valait mieux que j'envoie un télégramme. Nicole m'a aidé à le rédiger.

« Bernard malade STOP Impossible venir STOP. » Signé : Louise. (C'était le prénom de ma mère.)

Nicole voulait que je mette « gravement malade », mais ça m'a semblé un peu exagéré.

Après, elle m'a demandé si ça ne serait pas mieux qu'on prévienne aussi ma mère.

Je lui ai dit que ça serait trop dangereux. On avait un soldat allemand qui réquisitionnait une chambre et il pouvait très bien ouvrir le courrier.

En fait, je ne voulais pas prévenir maman, je ne sais pas pourquoi, enfin si, je le sais, c'est à cause d'Hervé… J'étais assez content à l'idée que maman allait se faire du mauvais sang à cause de moi en ne sachant pas ce que j'étais devenu. Ce n'est peut-être pas très gentil, mais c'est comme ça.

Sur le chemin du retour, nous avons rencontré une cousine de Nicole, une fille plus âgée. Elle portait une étoile. Elle avait l'air tout excitée et elle nous a annoncé qu'elle avait été reçue à l'écrit du bac et qu'elle devait passer l'oral le jeudi suivant, à la Sorbonne.

Jeudi, c'était justement le jour prévu pour la rafle, d'après Mme Lelièvre.

Nicole ne lui en a pas parlé, ni de notre départ.

En remontant le petit escalier qui sentait le pipi de chat, elle s'est arrêtée sur le premier palier.

– Tu crois que j'aurais dû lui dire ?

– Je ne sais pas.

– Il ne faudrait pas que ça s'ébruite, non ?

Elle était un peu embêtée et elle a ajouté, comme pour se donner du courage :

– Ce serait trop risqué.

Lorsque nous sommes revenus dans l'appartement, la jeune femme blonde à lunettes que j'avais vue dans le magasin était là.

Ils se tenaient tous dans le salon avec Mme Lévy et Sami. Ils discutaient.

La dame – c'est elle qui s'appelait Henriette – disait que son frère Paul allait venir nous chercher, que nous coucherions chez lui dans le XIIIe, et qu'il nous conduirait le lendemain matin à la gare de Lyon où nous prendrions le train pour Moulins.

Ils avaient déjà fait leurs bagages. Les plus gros, le frère d'Henriette devait les expédier en zone libre à l'adresse des gens chez qui ils étaient en évacuation.

Nous avons pris le métro jusqu'à la place d'Italie. Sami, qui avait toujours son étoile sur son veston, est monté dans le dernier wagon, celui dont j'ai compris qu'il était réservé aux Juifs. Mme Lévy, Nicole et moi, nous sommes montés dans un autre car elles avaient enlevé leur étoile – maintenant nous nous appelions tous Leroy.

Nicole avait l'air ravie que je sois avec eux.

Nous avons dormi au-dessus d'un garage, rue Michal. Moi, dans la cuisine, sur un matelas par terre.

Et Nicole m'a embrassé en me souhaitant bonne nuit. Un baiser sur la joue que j'ai trouvé très tendre.

J'avais beau nager dans le bonheur, j'ai quand même eu beaucoup de mal à m'endormir, parce que j'ai commencé à réfléchir aux conséquences de la décision que j'avais prise de partir avec eux.

Où tout ça allait-il me mener ?

Bien sûr ce n'était pas le genre de la tante Patin de téléphoner à Compiègne pour demander de mes nouvelles. Mais maman aurait peut-être envie de savoir si j'étais bien arrivé et elle pouvait très bien appeler la poste. Mariette lui parlerait forcément de mon télégramme et maman n'y comprendrait rien, et surtout s'inquiéterait. Elle en parlerait sûrement à Hervé et lui, tel que je le connaissais, il était capable d'aller voir les gendarmes pour me faire rechercher.

Le mieux serait donc de prévenir maman dès que nous serions arrivés en zone libre, par une lettre où je la rassurerais sur mon sort, mais sans lui dire ni où j'étais, ni avec qui.

D'un autre côté, le cachet de la poste pourrait la mettre sur la piste de l'endroit et Hervé aurait peut-être l'idée de venir faire un tour dans la région pour essayer de me retrouver. C'était très risqué pour les Lévy, car Hervé n'aimait pas les Juifs.

Je pouvais aussi écrire à Bilinski en lui demandant d'aller voir maman et de lui dire qu'il avait eu de mes nouvelles, que j'allais bien mais qu'il ignorait où j'étais.

En même temps, si Bilinski avec son étoile tombait sur Hervé à la maison, ça pouvait se terminer très mal...

J'ai fini par m'endormir sans avoir trouvé de solution.

Le lendemain, en se levant, Sami a fait remarquer qu'on était le 14 juillet. Ça ne changeait rien car, depuis l'Occupation, ce n'était plus une fête comme avant la guerre, avec des bals et des feux d'artifice. Il y avait d'autres fêtes, par exemple la fête des Mères ou la fête de Jeanne d'Arc. Le 14 juillet était devenu un jour comme les autres. Enfin, pour moi, pas vraiment. C'était le début d'une grande aventure.

Après le petit déjeuner, nous sommes montés dans la dépanneuse de Paul, le frère d'Henriette, et nous sommes partis pour la gare de Lyon. Paul connaissait quelqu'un aux Chemins de fer, quelqu'un de sûr, comme il a dit. La mère de Nicole est allée avec lui le voir dans un bureau tout de suite en arrivant à la gare et elle est revenue peu de temps après avec nos billets.

Henriette nous a accompagnés jusqu'au train et a vérifié que nous étions bien installés. Puis elle nous a tous embrassés, et le train est parti. Mme Lévy s'essuyait les yeux avec son mouchoir.

C'était un omnibus, avec une portière par compartiment, et, comme il n'y avait que trois places de libres dans notre compartiment, Sami avait dû monter, tout seul, dans celui d'à côté.

Nicole a voulu se pencher à la portière pour lui faire signe.

J'ai baissé la vitre pour elle, car elle n'y arrivait pas. Moi, je connaissais le truc. Il faut détacher la courroie de cuir, la tirer vers soi et laisser glisser doucement le carreau à l'intérieur de la portière.

J'ai réussi du premier coup et elle a eu l'air très épatée.

Nous nous sommes penchés à l'extérieur et nous avons vu Sami, assis près de la vitre. Il lisait, il ne nous a pas vus. Il avait mis un autre veston que la veille, toujours avec une étoile jaune, mais avec aussi, sur le revers, un tas de petits rubans de toutes les couleurs, ceux de ses décorations militaires.

Après, je me suis assis sur la banquette, à côté de Mme Lévy, en me répétant qu'il ne fallait pas que j'oublie de l'appeler maman.

Nicole est restée à la fenêtre. Elle adorait se pencher dehors. Je voyais ses cheveux flotter dans le vent et ses joues qui rosissaient dans le courant d'air. Elle avait ce qu'on appelle un profil grec. C'est le prof de dessin du collège, un barbu que nous surnommions Barbe-à-poux, qui m'avait appris ça.

De temps en temps, elle se retournait vers l'intérieur du compartiment et me souriait. C'était le bonheur.

Mme Lévy, un peu inquiète, lui a dit plusieurs fois de faire attention aux escarbilles.

Dans le compartiment, personne ne parlait. Les gens s'observaient en silence avec une certaine méfiance.

À un arrêt, des Allemands sont montés pour demander les papiers de ceux qui allaient en zone libre. La mère de Nicole a tendu son billet, pour indiquer que nous descendions à Moulins, avant la ligne de démarcation. Elle a aussi montré sa carte d'identité et nous a désignés du doigt comme ses deux enfants. L'Allemand a à peine regardé la carte et la lui a rendue sans un mot. C'étaient les *Ausweis* qui l'intéressaient.

Le train s'est arrêté deux ou trois fois en pleine campagne. En traversant une rivière, on a vu passer en rase-mottes un avion anglais à deux queues.

Nous sommes arrivés à Moulins.

C'était une petite gare tranquille. Peu de voyageurs descendaient là, ceux qui continuaient jusqu'en zone libre devaient rester dans les wagons.

Nous avions décidé de faire comme si nous ne connaissions pas Sami, à cause de son étoile, qui pourrait attirer l'attention sur nous. Nous l'avons laissé partir devant. Il portait d'une main une grosse valise et de l'autre l'étui à violon où je l'avais vu cacher des pièces jaunes, dans son bureau. C'était le violon du père de Nicole, un stradivarius, ce qu'il y a de mieux comme violon, paraît-il.

Au bout du quai, il y avait trois *Feldgendarmen* allemands, avec leur plaque en croissant de lune pendant sur leur poitrine.

Ils demandaient les papiers.

Le gradé avait des cheveux grisonnants. C'est lui qui a examiné les papiers de Sami. Ensuite, nous l'avons vu montrer du doigt l'étui à violon. Sami a ouvert l'étui et en a sorti le violon. L'Allemand l'a pris délicatement, l'a examiné sous toutes les coutures, l'a approché de son oreille, a pincé une corde, puis une autre, et l'a rendu à Sami avec un hochement de tête admiratif. Sami a rangé le violon dans l'étui, ils ont échangé quelques mots et l'Allemand lui a fait signe de passer.

Nous nous étions arrêtés assez loin, Mme Lévy a poussé un soupir de soulagement et nous sommes repartis vers la sortie.

Quand nous sommes arrivés près des Allemands, le gradé aux cheveux gris était occupé à discuter avec un employé des Chemins de fer. C'est un autre, un jeune, qui nous a demandé nos papiers. Nous les avons présentés. Il nous a dévisagés, surtout Mme Lévy, a examiné encore nos trois cartes d'identité, puis il est allé parler avec le gradé.

Ce dernier a pris nos papiers, les a regardés, a parlé un peu avec le soldat en nous jetant des regards pardessus son épaule, et le soldat est revenu vers nous et nous a dit :

– Vous, venir… voir *Offizier*…

Puis il nous a fait signe de le suivre.

Nous avons obtempéré et nous sommes rentrés dans le hall de la gare. Sami nous attendait près de la sortie, mais il n'a pas fait un geste.

Nous avons monté un petit escalier près de l'entrée d'une salle d'attente, sur la porte de laquelle il y avait un écriteau portant « Interdit aux chiens et aux Juifs ».

Dans le bureau, un officier était assis derrière une table sur laquelle étaient posés sa casquette, sa cravache et ses gants. Le soldat lui a tendu nos papiers. Il les a examinés et a déclaré très calmement dans un français presque sans accent :

– Madame, ces papiers sont faux, vous êtes juive, et vos enfants sont juifs…

– Mais non, a protesté Mme Lévy, nous ne sommes pas juifs, nous nous appelons Leroy, nous venons d'Abbeville, dans le nord de la France…

Il s'est levé brusquement, s'est approché de nous et nous a regardés sous le nez. Puis il a brandi les papiers vers Mme Lévy en criant :

– Vous avez le faciès de la race juive et vos enfants aussi.

– Je vous assure, monsieur l'officier.

– Avouez que vous êtes juive !

– Mais non, je ne suis pas juive, ni ma fille, ni mon fils…

– Vous êtes juifs et vous allez essayer de passer en zone libre comme beaucoup de vos congénères parce que votre Maréchal protège les Juifs.

– Mais non, nous allons en vacances chez un de nos cousins qui habite dans la région…

À ce moment-là, un autre officier est arrivé. Deux petits S brillaient sur le col de sa veste noire. Ils se sont mis à parler en allemand. Nous n'osions même pas nous regarder Nicole et moi, et Mme Lévy avait l'air comme pétrifiée par la peur.

Alors le SS m'a fait signe de le suivre.

Nous sommes entrés dans un autre bureau, plus petit, qui devait servir de vestiaire. Des fusils étaient alignés dans une sorte d'étagère le long d'un des murs.

Le SS a refermé la porte derrière lui et m'a dit :

– Baisse ton pantalon !

J'ai dégrafé ma ceinture et baissé mon pantalon.

– Le slip aussi.

J'ai baissé mon slip. J'avais honte. Il s'est accroupi devant moi, il a regardé ma bite, puis il s'est relevé et m'a dit :

– Rhabille-toi.

Nous sommes revenus dans l'autre bureau. Nicole et sa mère étaient toujours à la même place. Elles avaient l'air soulagées de me revoir. Le SS a dit quelque chose en allemand, l'autre officier a jeté nos cartes d'identité sur son bureau et a crié :

– *Heraus !... Heraus !... Schnell !...*

Mme Lévy a ramassé les cartes et nous sommes partis le plus vite possible, Nicole a failli tomber dans l'escalier, mais je l'ai retenue.

En bas, dans le hall, près de la sortie, Sami n'était plus là. À sa place, il y avait un petit homme trapu, un peu rougeaud, avec sur la tête une casquette à carreaux. Il nous a fait un petit signe de la main. Nous nous sommes approchés.

– Votre beau-père est allé nous attendre dans la voiture... C'était plus prudent.

– Vous êtes M. Baudonnet ? a demandé Mme Lévy.

– Oui. J'ai bien cru qu'ils allaient vous garder.

– Ne restons pas là.

– Ça va, les enfants ? a fait M. Baudonnet.

Il avait l'air très gentil pour un instituteur.

La voiture était une petite camionnette Juvaquatre. Sami était assis devant et Mme Lévy s'est tassée à côté de lui. Nicole et moi nous sommes montés derrière et nous nous sommes installés au milieu des valises.

J'ai entendu Sami dire à Mme Lévy :

– Ce gendarme doit être un grand violoniste, si vous aviez entendu comment il m'a parlé du stradivarius de Roland, un vrai connaisseur.

Il faisait très chaud et nous, à l'arrière, nous respirions la poussière de la route.

Nicole m'a demandé :

– Qu'est-ce qui s'est passé dans l'autre bureau avec le SS ?

J'étais bien embêté qu'elle me pose cette question.

Sur le moment, quand il m'avait demandé de me déculotter, je m'étais dit qu'il allait me tripoter, comme le sacristain de l'église Saint-Jacques qui m'avait un jour coincé contre un placard où je rangeais un surplis après avoir servi la messe de sept heures.

Mais je ne pouvais pas dire ça à Nicole.

Alors j'ai inventé :

– Il a voulu me faire peur, mais j'ai juré que je m'appelais bien Leroy.

– En tout cas, tu as été drôlement courageux. Tu nous as sauvé la vie.

– Tu crois ?

– La preuve, c'est qu'ils nous ont laissés partir.

Et, soudain, dans un mouvement presque incontrôlé, elle m'a serré très fort contre elle en fermant les yeux et en me disant :

– Merci, mon petit Bernard, merci…

J'ai senti ses seins contre ma poitrine. Ils n'étaient pas aussi gros que ceux de maman, mais leurs bouts étaient très durs. Ça m'a fait une drôle d'impression.

L'école était toute petite. Nous nous sommes garés dans la cour, près du préau. Les fenêtres de toutes les classes étaient grandes ouvertes. Une dame avec un balai nous regardait arriver.

– Germaine, a dit l'instituteur, tu viens nous donner un coup de main ?

La dame a posé son balai et l'instituteur nous l'a présentée :

– C'est Mme Baudonnet.

Nous lui avons tous dit bonjour et elle nous a aidés à porter les bagages jusque dans l'école.

– Nous n'avons qu'une chambre, a expliqué l'instituteur, vous allez vous installer dans les deux classes. Les hommes dans l'une, les femmes dans l'autre. Germaine a préparé des matelas. C'est juste pour quelques jours parce que, dès qu'on peut, vous passez de l'autre côté…

Puis il a montré l'étoile sur le veston de Sami et a ajouté :

– Vous pouvez l'enlever maintenant, ce n'est pas obligatoire en zone libre.

– Nous n'y sommes pas encore, a dit Sami.

– Ça ne saurait tarder, a répondu l'instituteur, ne vous en faites pas. Ici, les Fritz nous foutent la paix.

Mme Baudonnet est revenue avec des petits ciseaux. Sami a enlevé son veston et elle s'est mise à couper les petits fils pour détacher l'étoile.

Le soir, nous avons écouté la radio de Londres : c'était tellement brouillé qu'on ne comprenait pas un mot de ce qu'ils disaient.

Avant de s'endormir, Sami m'a souhaité une bonne nuit, mais il a ronflé tellement fort que je me suis réveillé plusieurs fois au cours de cette première nuit.

Le lendemain, nous sommes allés, Nicole et moi, jusqu'à la rivière, qui coulait en contrebas de l'école, au bout d'un pré. Elle n'avait jamais vécu qu'à Paris et elle ne connaissait rien à la campagne. Moi, j'habitais en province, dans une petite ville entourée d'une grande forêt où j'allais souvent me promener, et j'étais allé très souvent en vacances chez mes grands-parents, en Normandie. Maintenant qu'ils étaient morts, j'allais chez la tante Patin qui était une vraie « cul-terreuse », comme disait maman, et avec les petits voisins j'avais appris pas mal de choses qu'un citadin ne savait pas faire : attraper des sauterelles, pêcher la grenouille avec un chiffon rouge, faire voler les hannetons au bout d'une ficelle, etc.

Ce matin-là, quand j'ai montré à Nicole le nid que j'avais récupéré sur la grosse branche d'un saule, au bord de la rivière, elle a été drôlement épatée. Il y avait trois œufs dedans, tout chauds car la mésange avait été surprise en train de couver, et Nicole n'osait pas les toucher : je lui ai pris la main et j'ai approché son index d'un œuf pour lui en faire sentir la chaleur avant de remettre le nid à sa place.

Elle était tout émue et ça m'a fait vraiment plaisir.

À déjeuner, Sami et M. Baudonnet ont eu une grande discussion. Sami a dit que le maréchal Pétain, sous les ordres de qui il avait combattu à Verdun pendant la guerre de 14, ne devait pas être au courant de ce que les Juifs subissaient à Paris. Il a raconté que son fils Roland, qui avait été décoré de la croix de guerre en mai 1940 pour avoir, près de Montmédy, détruit avec sa batterie plusieurs tanks allemands, avait été arrêté par des agents de police français et emmené d'abord à Drancy, puis à Compiègne, puis on ne sait pas où, en Allemagne ou en Pologne, et que Pétain ne pouvait pas avoir permis ça.

L'instituteur était d'un autre avis.

Selon lui Pétain était gâteux, et les hommes qui l'entouraient étaient tous des fascistes depuis bien avant la guerre : comme Hitler, ils voulaient exterminer tous les Juifs. Il suffisait de lire ce qu'ils écrivaient dans des torchons comme *Je suis partout* pour s'en rendre compte.

Sami a répondu qu'il n'en était pas convaincu et que, dès qu'il serait en zone libre, il irait à Vichy et demanderait à rencontrer le Maréchal pour le mettre au courant de ce qui se passait.

Pour le moment, il fallait d'abord franchir la ligne de démarcation.

L'instituteur avait un plan.

Un de ses anciens élèves, qui était notaire à Moulins, avait fait la connaissance d'un *Feldwebel* de la garnison allemande qui était comme lui un passionné d'échecs.

Ils jouaient souvent des parties ensemble.

Or, ce *Feldwebel* assurait de temps en temps avec une sentinelle la garde du pont de Chemilly.

C'était le premier pont sur l'Allier au sud de Moulins, et l'Allier servait de frontière entre les deux zones.

Le notaire, bien qu'ami avec le joueur d'échecs allemand, n'était pas du tout collabo et, d'après M. Baudonnet, il était prêt à aider des gens qui, comme nous, voulaient passer en zone libre.

Il avait donc accepté l'idée de l'instituteur : proposer au *Feldwebel* une partie d'échecs un après-midi où ce dernier serait de garde au pont de Chemilly.

Pendant qu'ils seraient en train de jouer dans la guérite, le notaire, à une heure convenue, demanderait au *Feldwebel* d'envoyer sa sentinelle chercher une bouteille de vin qu'il avait oubliée sur la banquette de sa voiture et nous, amenés par l'instituteur à un endroit où l'Allier n'est pas profond du tout, nous pourrions passer sur l'autre rive, les femmes dans une barque à fond plat, et les hommes poussant la barque en silence avec de l'eau jusqu'à la ceinture.

À l'arrivée, il suffirait de marcher à travers champs jusqu'au premier chemin où M. Vigneron nous attendrait avec sa voiture à cheval pour nous emmener chez lui, à Hautibœuf.

Nos bagages nous rejoindraient plus tard par le camion d'un boucher de Moulins, qui franchissait régulièrement la ligne afin d'aller chercher des bêtes pour l'abattoir et qui n'était presque jamais contrôlé.

Tout s'est déroulé comme prévu, à ceci près qu'il n'y avait pas de barque, car le pêcheur qui la remisait dans les roseaux l'avait ramenée chez lui la veille pour la repeindre.

Et donc, à l'heure dite, Mme Lévy et Nicole ont dû enlever leur jupe pour entrer dans l'eau. Nicole avait une culotte Petit Bateau et Mme Lévy des bas, des porte-jarretelles et une combinaison rose avec de la dentelle en bas. Sami était en caleçons longs, moi en slip. On devait avoir l'air vraiment ridicules.

Nous avions enlevé nos chaussures pour ne pas les mouiller. Sami avait attaché ensemble les lacets de ses brodequins, qu'il portait autour du cou. Il m'a expliqué que c'était comme ça qu'ils faisaient pendant la guerre de 14 : par exemple, quand ils voulaient surprendre des Boches la nuit, ils arrivaient en chaussettes avec leurs chaussures à clous autour du cou. C'était au début de la guerre, quand il était dans les corps francs.

Nous sommes arrivés sans encombre de l'autre côté, chacun s'est rhabillé et rechaussé, nous avons marché tout droit dans les blés comme l'instituteur nous l'avait conseillé et nous avons effectivement trouvé M. Vigneron, qui nous a tous embrassés, même moi qu'il ne connaissait pas. Il portait une grosse moustache et il roulait les *r* en parlant. Nous sommes montés dans sa voiture à cheval qui était plutôt une charrette à foin, nous y étions debout et nous nous tenions aux montants en bois. Nous manquions tomber à chaque virage, car le cheval, qui avait l'air de connaître la route, galopait tout le temps.

Le trajet a duré presque une heure. Les vêtements mouillés ont eu le temps de sécher. Nous sommes finalement arrivés dans une cour de ferme, avec des poules qui picoraient un peu partout, des dindons qui gloussaient, une odeur de fumier, et la porte de la petite maison s'est ouverte sur Mme Vigneron, qui était très grosse et riait tout le temps, un grand type aux cheveux crépus qui n'était pas de la famille et qu'ils surnommaient Lapébie*, parce qu'il avait gagné plusieurs courses cyclistes dans la région, et Toto, un garçon de l'âge de Nicole qui est tout de suite venu l'embrasser en l'appelant Nini. Tout le monde s'est congratulé : ils se connaissaient bien parce que c'était là que les Lévy avaient échoué en mai 40 dans leur Celtaquatre. Ils avaient continué à s'écrire et les Vigneron leur avaient même envoyé des colis de ravitaillement.

Un très vieux monsieur qui portait une grosse moustache blanche et un canotier posé de travers sur la tête, comme celui de Maurice Chevalier, s'est approché de moi à petits pas, courbé en deux sur sa canne, et m'a dit :

– Comment c'est-y que tu t'appelles, mon petit gars ?

– C'est mon cousin Bernard Leroy, a hurlé Nicole.

– Bienvenue, mon cher petit ami, a dit le vieux.

J'ai demandé à Nicole pourquoi elle criait comme ça.

* Roger Lapébie (1911-1966) : champion cycliste, vainqueur du Tour de France en 1937.

– Il est sourd comme un pot, il a cent un ans.

– Pourquoi tu lui as dit que j'étais ton cousin ?

– Parce que ici, on ne peut pas leur dire qu'on s'appelle Leroy, ils nous ont tous connus sous notre vrai nom pendant l'exode.

– Mais alors pourquoi tu continues à m'appeler Leroy ?

– C'est le nom qui est sur ta carte d'identité, ne l'oublie pas.

Elle avait raison, je n'y avais pas pensé.

Nous nous sommes installés. Moi, dans la chambre de Toto sur un matelas qu'ils ont mis par terre à côté de son lit. Je n'avais pas d'affaires parce que nous n'avions pris aucun bagage. Il fallait attendre qu'ils arrivent par le camion du boucher.

Nicole couchait dans la même chambre que sa mère et Sami dans un cagibi avec une lucarne, au grenier.

Le premier soir, nous avons très bien dîné. Avant le repas, ils ont dit le bénédicité. Je le savais par cœur, mais je n'ai pas ouvert la bouche. Avant de couper la miche de pain, le père Vigneron a fait un signe de croix dessus avec son couteau. Il y avait beaucoup à manger. Ils n'avaient pas l'air de souffrir des restrictions par ici.

Une fois la lumière éteinte, dans la chambre, Toto m'a dit :

– Tu sais que ta cousine est une drôle de délurée… En 40, quand ils sont venus en évacuation, elle m'a embrassé sur la bouche, avec la langue…

Cette histoire de langue me tarabustait déjà depuis un certain temps. J'en avais souvent parlé avec Bilinski. Il pensait, lui aussi, qu'il fallait mettre la langue en embrassant, mais il ne l'avait jamais fait. Et moi, les rares fois où j'avais réussi à coller ma bouche sur celle d'une fille, par surprise, j'avais toujours constaté qu'elle crispait ses lèvres l'une contre l'autre comme pour interdire qu'on y entre quoi que ce soit.

C'est pourquoi l'idée que Nicole ait embrassé Toto avec la langue m'a empêché de dormir une bonne partie de la nuit.

Lui, il dormait.

Il m'avait dit :

– Je te préviens, je m'astique tous les soirs avant de m'endormir.

Il s'était branlé et il dormait comme un loir.

Quelques jours plus tard, Mme Lévy m'a dit que, maintenant que nous étions arrivés, il fallait envoyer de mes nouvelles à maman. On avait droit entre les deux zones à des espèces de cartes postales, avec des timbres imprimés, mais sans illustration, et sur lesquelles on pouvait écrire ce qu'on voulait, et pas seulement, comme au début de l'Occupation, barrer les mentions inutiles.

Mme Lévy l'a écrite devant moi en me la lisant en même temps qu'elle écrivait.

Chère Madame David,

Votre fils Bernard va bien. Nous avons eu quelques inquiétudes à Paris, à cause de l'épidémie de rougeole qui, j'espère, ne s'est pas étendue jusqu'à Compiègne. Nous avons donc préféré l'emmener avec nous à la campagne, au grand air, et je peux vous assurer qu'il est maintenant hors de danger. Dès qu'il n'y aura plus de risque de maladie, nous vous le renverrons.

Simone L.

Mme Lévy m'a demandé d'ajouter un mot, de ma propre main, et j'ai mis :

Chère maman, je vais très bien, je mange bien et tout le monde est très gentil avec moi. Je t'embrasse ainsi qu'Hervé.

Ton Bernard.

– C'est ton frère, Hervé ? m'a demandé Mme Lévy.

– Non, mon cousin.

J'ai préféré dire « cousin » parce que je ne savais pas s'il y avait des parrains chez les Juifs.

Je lui ai demandé ce que c'était que cette épidémie de rougeole dont elle parlait.

– Je ne peux pas lui parler de la rafle, si quelqu'un lisait la lettre… m'a-t-elle répondu. Elle comprendra.

Je me suis dit que maman serait sans doute rassurée en lisant cette lettre, surtout si elle avait téléphoné à la tante Patin, mais je me demandais toujours avec inquiétude comment elle allait réagir.

M. Vigneron, qui devait aller remplir des papiers au chef-lieu, a pris la carte pour la poster là-bas.

– C'est pour brouiller les pistes. Ce n'est pas la peine que les Chleuhs connaissent votre adresse.

D'une certaine façon, ça m'a rassuré : le cachet de la poste ne pourrait pas renseigner Hervé.

Petit à petit, nous nous sommes habitués à la vie de la ferme.

M. Vigneron et Lapébie partaient tous les matins très tôt aux champs.

Sami s'occupait des bêtes avec le grand-père qui avait fait la guerre de 14. Ils en profitaient pour échanger des souvenirs de pioupious, comme ils disaient. Sami avait aussi accepté de tenir la comptabilité de la ferme, car M. Vigneron disait qu'il ne s'en sortait pas.

Mme Lévy aidait Mme Vigneron à faire la cuisine parce que ça faisait quatre bouches de plus à nourrir, et le vieux grand-père, celui qui avait cent un ans, s'asseyait sur une chaise au milieu de la cour et lançait des graines aux poules.

Nous, les jeunes, nous nous occupions comme nous pouvions. C'étaient quand même les grandes vacances.

Nous allions au bord de la rivière. Nous pêchions. Des enfants du village venaient nous retrouver et jouer avec nous.

C'est là que j'ai fumé ma première cigarette. C'étaient des gros modèles, des Celtique, et j'ai eu très mal au cœur. Nicole, elle, n'a pas voulu fumer : elle a dit qu'elle préférait les cigarettes anglaises. Elle en avait soi-disant fumé pas mal à Paris, des *Craven A*, avec ses copines du lycée La Fontaine.

Toto serrait Nicole de près. On aurait dit qu'il avait des droits sur elle parce qu'il l'avait connue avant moi. Et elle avait l'air de trouver ça agréable. Il s'arrangeait souvent pour se retrouver seul avec elle, sous prétexte de discuter ou de lui raconter un truc que les autres ne devaient pas savoir, et c'est ainsi que j'ai éprouvé, comme on dit dans les romans, les affres de la jalousie.

Nicole était imprévisible. Un jour, elle me disait que Toto la collait et me forçait à faire un détour pour l'éviter. Le lendemain, elle partait se promener seule avec lui en me laissant en plan.

Il faut dire qu'il jouait les fiers-à-bras et prétendait qu'il faisait tout mieux que tout le monde.

Un jour, nous sommes allés nous baigner dans un étang, au milieu d'un bois qu'ils appelaient ici une forêt, mais qui était ridiculement petite comparée à la forêt de Compiègne.

Nicole s'est tout de suite mise à l'eau. Elle nageait très bien. Elle avait appris à la piscine Molitor, une piscine près du bois de Boulogne, à Paris, où elle allait quand ils habitaient avenue Henri-Martin.

L'eau était froide. Toto l'a tâtée du bout de l'index, a déclaré qu'elle était très bonne, mais que malheureusement il avait oublié de prendre son maillot de bain.

La façon dont il a dit ça m'a mis la puce à l'oreille. Pendant qu'il allumait un mégot qu'il avait piqué je ne sais trop où et s'asseyait contre un arbre, je me suis dit que le fanfaron ne devait pas savoir nager.

Alors j'ai voulu en avoir le cœur net.

J'ai nagé jusqu'au milieu de l'étang, j'ai fait semblant d'avoir un malaise, j'ai appelé « Au secours !... », je me suis laissé couler à pic, j'ai remonté ma tête hors de l'eau et j'ai encore crié en me débattant et en éclaboussant autour de moi.

J'ai vu arriver Nicole dans un crawl digne de Jean Taris* et je l'ai entendue crier à Toto :

– Viens donc m'aider, tu vois bien qu'il se noie !

Toto était bien embêté.

Nicole m'a attrapé sous le menton et m'a tiré en arrière jusqu'à la rive. J'ai toussé et craché comme un vrai noyé. Elle voulait me faire la respiration artificielle comme elle l'avait appris en cours de secourisme, mais j'ai dit que ça allait, que je ne savais pas ce que j'avais eu, que c'était sans doute le froid de l'eau qui m'avait saisi et qu'elle m'avait sauvé la vie.

Alors elle s'est tournée vers Toto, qui regardait tout ça sans dire un mot.

– Merci, Toto ! Merci pour ton aide…

– Il faut que je vous dise, a répondu Toto : je ne sais pas nager.

Nicole a éclaté de rire, et là, j'ai compris que c'en était fini de leurs messes basses sans curé.

Elle n'arrêtait pas de rire, il regardait ses pieds, et moi, je buvais du petit-lait.

Alors, j'ai repris ma respiration et j'ai dit :

– Si tu veux, je pourrais t'apprendre.

– Très bonne idée, a approuvé Nicole, en pouffant.

Plusieurs fois, par la suite, j'ai bien essayé de lui faire faire les mouvements en le tenant sous le menton, mais il n'était vraiment pas doué. Il buvait tasse sur tasse et ça l'a découragé. Il a finalement renoncé et Nicole a décidé que dorénavant il ne viendrait plus à l'étang avec nous.

* Jean Taris (1909-1977) : champion de natation, très populaire dans les années 1930.

La ferme se trouvait à plus de quatre kilomètres du village et Mme Lévy, pour faire des courses, devait y aller à pied. Mme Vigneron, elle, prenait sa bicyclette, ce qui était beaucoup moins fatigant. Le problème était que Mme Lévy n'avait jamais appris à monter à bicyclette.

– Avenue Henri-Martin, ça aurait été mal vu que ma mère fasse du vélo, m'avait dit Nicole.

Mais là, à la campagne, ça aurait été très pratique. Mme Lévy a donc décidé de s'y mettre. Il y avait justement à la ferme le grand frisé qu'on surnommait Lapébie et il était d'accord pour lui donner des leçons.

Tous les soirs, après le retour des champs, nous avons donc vu sur le chemin, devant la ferme, Lapébie courir en tenant la selle du vélo où Mme Lévy, en jupe-culotte, apprenait à pédaler.

Nicole avait beau se moquer d'elle, elle a continué régulièrement et, un beau jour, elle nous a fait la surprise de venir à bicyclette nous chercher à l'étang où nous étions allés nous baigner.

Nous sommes rentrés tous les trois et elle se débrouillait très bien.

Fin juillet, M. Vigneron a reçu une lettre d'Henriette, qui disait que les bagages que son frère Paul avait expédiés par le train devaient arriver le lendemain en gare de Montluçon.

Lapébie a été chargé d'aller les récupérer avec Mme Lévy et, comme il a pris la bétaillère à gazogène, il y avait de la place et nous les avons accompagnés, Nicole et moi.

Quand nous sommes arrivés à la gare, le train était bien là, mais le wagon où se trouvaient les bagages n'avait pas encore été déchargé. Ils nous ont dit que c'était l'affaire d'une heure ou deux et nous nous sommes installés dans un café, en face de la gare, pour attendre.

Dans l'arrière-salle du café, il y avait un petit jeu de football, et nous sommes allés y jouer, Nicole et moi, pendant que Lapébie et Mme Lévy prenaient un apéritif.

Du côté du jeu où j'étais, je pouvais voir la salle du café et, à un moment, j'ai vu Lapébie prendre la main de Mme Lévy et lui dire quelque chose en la regardant dans les yeux. Elle avait l'air très gênée. Elle a regardé vers nous et j'ai tout de suite baissé la tête sur le jeu en donnant un grand coup de poignée un peu au hasard, ce qui m'a d'ailleurs fait rater le ballon. Nicole, qui ne pouvait rien voir du café puisqu'elle lui tournait le dos, en a profité pour marquer un but et elle a crié de joie.

Plus tard, j'ai repensé à ce qu'elle m'avait dit un jour où nous étions allés nous promener en forêt.

Ses parents ne s'entendaient plus et, avant la déclaration de guerre, ils étaient en instance de divorce. « En instance », m'avait-elle expliqué, ça voulait dire qu'ils voulaient divorcer, mais que les papiers n'étaient pas encore prêts. Tout ça parce que son père avait une « maîtresse », comme elle a dit. C'était sa secrétaire. Et sa mère les avait surpris en train de s'embrasser un jour qu'elle était passée à l'improviste à son bureau.

La mobilisation avait interrompu toutes les formalités. Ils avaient décidé de divorcer après la guerre.

– Ils s'engueulaient tout le temps, mais elle a quand même beaucoup pleuré quand les Allemands l'ont arrêté, a ajouté Nicole.

Vers cinq heures, un employé des Chemins de fer est venu nous dire que les bagages étaient à notre disposition.

Nous sommes allés les chercher, nous avons aidé Lapébie à les charger dans la bétaillère et nous sommes repartis pour la ferme.

Je me suis mis à l'arrière, avec Nicole, et par le petit carreau, j'ai vu Lapébie prendre la main de Mme Lévy et la poser sur sa cuisse. Elle l'y a laissée pendant tout le voyage.

Ce soir-là, après le dîner, Sami nous a lu le brouillon d'une lettre qu'il avait écrite au maréchal Pétain.

« Monsieur le Maréchal... »

– Eh oui, tu ne sais peut-être pas ça, mon petit gars, a-t-il dit en se tournant vers moi, on dit « mon colonel », « mon général », mais on ne dit pas « mon maréchal », on dit « monsieur le maréchal »... Maréchal de France, ce n'est pas un grade, c'est un titre honorifique...

Dans sa lettre, il rappelait ce que je lui avais déjà entendu dire à M. Baudonnet, l'instituteur : qu'il avait été décoré de la médaille militaire par Pétain lui-même et que son fils Roland, qui s'était conduit glorieusement à Montmédy, avait été arrêté par la police française et emmené en Allemagne.

Et il terminait sa lettre par ces mots : « Vous, le héros de Verdun, vous ne pouvez pas admettre ça, votre entourage vous trompe. »

Le grand-père Vigneron a hoché la tête.

– Vous ne croyez pas que c'est quand même un peu dangereux d'envoyer à Vichy une lettre signée Samuel

Lévy, avec notre adresse ? Elle n'arrivera peut-être pas jusqu'au Maréchal et si ses sbires la lisent…

– Je ne voudrais pas vous attirer des ennuis, a admis Sami.

– Nous encore, mais c'est surtout vous.

– Ils n'oseraient pas arrêter un médaillé militaire. Vous avez remarqué, sur les photos : c'est la seule décoration que porte Pétain.

– Méfiez-vous de ces gens-là.

– Vous avez peut-être raison, le mieux serait que j'aille directement à Vichy et que je demande une audience au Maréchal.

Personne n'a réagi mais, la semaine suivante, un matin, comme Sami n'était pas là pour le petit déjeuner, j'ai cru un moment qu'il était parti pour Vichy.

– Mais non, m'a dit Nicole, il est parti ce matin très tôt pour Saint-Amand-Montrond.

– Pour quoi faire ?

– Il avait rendez-vous avec Henriette.

– La Henriette du magasin ?

– Oui. Elle a réussi à avoir un *Ausweis* en inventant qu'elle avait un parent malade à Montluçon.

– Et ils l'ont crue ?

– C'est M. Vigneron qui a arrangé les choses avec l'adjoint au maire de Saint-Amand, avec qui il a fait son service militaire.

Sami est revenu dans l'après-midi avec une grosse valise.

Pendant le dîner, il nous a raconté les nouvelles. Nous l'avions vraiment échappé belle, parce que le jeudi suivant notre départ, comme l'avait prévu Mme Lelièvre, il y avait eu une rafle dans le quartier. Beaucoup de gens de la rue Charlot avaient été arrêtés. Rien que dans l'immeuble du magasin, il y avait eu dix arrestations.

– Les flics ont fouillé notre appartement, a dit Sami, mais comme Henriette était là, ils n'ont rien osé nous voler.

– Et Mme Salomon ? a demandé Mme Lévy.

– Ils l'ont emmenée, avec ses trois enfants.

– C'est honteux.

– En face, au 27, une Polonaise s'est jetée par la fenêtre pour leur échapper.

– C'est horrible. Ce sont vraiment des barbares.

– Encore un coup des Prussiens ?… a demandé le vieux grand-père qui n'avait pas compris grand-chose.

– Non, des Français. Ils sont pires que les Boches, a répondu le grand-père, celui qui avait fait la guerre de 14.

– On les fusillera après la victoire, a dit M. Vigneron.

Il y a eu un grand silence. Peut-être parce que la victoire n'avait pas l'air d'être pour demain, d'après ce qu'on entendait aux informations.

– Et votre affaire, à Paris ? a demandé le grand-père. Comment ça se passe ?

– Ils ont nommé un administrateur provisoire, un « aryen »…

– Un bon à rien ? a lâché le vieux grand-père, ce qui a fait rire tout le monde.

– Pas vraiment, répondit Sami. En tout cas, ce n'est pas le pire. Il a accepté de prendre Henriette comme cogérante, ce qui m'a facilité les choses.

– Il est prudent. Si ça tourne mal pour les Boches, vous pourriez lui demander des comptes.

– Exactement.

Henriette avait apporté de l'argent, car, m'avait dit Nicole, on ne pouvait pas vivre aux crochets des Vigneron. Elle avait aussi apporté des autographes, parce que Sami voulait essayer d'en vendre.

Le soir, il nous les a montrés. Il en avait plein un dossier.

Le vieux grand-père appelait ça des « papyrus ».

Il y avait une lettre de Clemenceau, enfin pas vraiment une lettre, le brouillon d'un discours qu'il avait prononcé devant les députés et qui se terminait par ces mots : « Je fais la guerre !... »

– Le Père la Victoire, je le revois encore au Mort-Homme, a dit le grand-père. Il était venu nous féliciter. Il avait sa canne et son *châpiau* tout cabossé.

M. Vigneron a parlé des autographes à l'instituteur d'Hautibœuf qui lui a dit que le brouillon de Clemenceau pourrait intéresser un châtelain des environs, le marquis de la Blatte, qui était ancien combattant et collectionneur de vieux papiers.

Le jour où Sami a eu son rendez-vous avec ce marquis, il m'a proposé de m'emmener avec lui.

– Ça te changera les idées, m'a-t-il dit.

C'était vrai que je m'ennuyais un peu à la longue, et en plus, ce jour-là, Nicole devait aider sa mère à préparer des bocaux de conserves de légumes que nous porterions le lendemain à l'autoclave.

M. Vigneron nous a prêté sa traction à gazogène. Il ne la sortait jamais, mais là, c'était exceptionnel.

J'aimais beaucoup Sami. Il connaissait énormément de choses et il savait très bien les expliquer.

Mais, cette fois-ci, pendant le voyage, il ne m'a rien raconté. Il s'est seulement amusé à me poser des questions. Il disait « 1515 », et il fallait que je réponde « Marignan », du tac au tac. Encore ça, ça allait. Mais, par exemple, « Loi de la séparation de l'Église et de l'État » ou « Mort de Louis XVI », c'était plus compliqué, parce que ce n'était pas au programme de la cinquième et que j'avais un peu oublié ce que j'avais appris à l'école primaire... En plus, Sami me donnait des notes et, comme il était très fort en calcul mental, il me disait le total de mes points à mesure. Après, ça a été le latin, « *Rosa, rosam, rosae* ». Je n'ai pas été très brillant mais, comme il était gentil, il a mis ça sur mon émotion d'aller voir un « ci-devant », comme il disait.

Le marquis de la Blatte habitait un petit château en brique, au fond d'un grand parc.

Sami a arrêté la traction dans la cour d'honneur.

Une vieille femme en tablier blanc nous a fait entrer dans un grand vestibule. Il y avait des armures comme au château de Pierrefonds et des grands portraits d'hommes en perruque et de femmes en costume d'époque.

Il y avait aussi une grande photo du maréchal Pétain, mais plus jeune, en train de décorer un soldat en uniforme de la guerre de 14-18.

Sami s'en est approché et a sorti son lorgnon pour lire ce qui était marqué en bas.

Le marquis est arrivé.

C'était un homme assez petit, qui ressemblait à l'acteur Pierre Fresnay, mais avec des cheveux blancs coupés en brosse.

Il a regardé Sami et lui a dit bonjour de loin sans lui tendre la main.

Sami lui a montré la photo du doigt :

– C'était au chemin des Dames ?

– Comment le savez-vous ?

– Je reconnais.

– Vous y étiez ?

– Oui. Sergent-chef Samuel Lévy, 2e section, 32e RI.

Le marquis a détourné la tête. On aurait dit que ça l'embêtait que Sami ait fait la guerre de 14.

– Venez, voyons voir ce que vous avez à me proposer.

Je les ai suivis mais, en arrivant à la porte de son bureau, le marquis m'a désigné du doigt :

– Il ne me semble pas indispensable qu'un enfant participe à nos négociations…

Et il a ouvert une porte donnant sur un petit salon.

– Attends-nous là, petit. Nous n'en avons pas pour longtemps.

Je me suis assis dans un fauteuil près d'une fenêtre qui donnait sur l'autre côté du parc. Il y avait un grand bassin à moitié vide avec des canards qui barbotaient dans des flaques d'eau et de boue gluante.

J'ai entendu grincer une porte derrière moi. Je me suis retourné et j'ai vu apparaître la tête d'une fille d'à peu près mon âge avec des taches de rousseur sur le nez et sur les joues.

Elle m'a regardé avec curiosité et méfiance puis elle s'est retournée vers quelqu'un que le battant de la porte cachait et a dit :

– Oui, il est là.

Une autre tête est apparue, celle d'un garçon bien coiffé, avec une raie sur le côté, comme Varault, le fort en thème de la classe.

Il m'a regardé, lui aussi.

– C'en est un ? a demandé la fille.

– Oui, a répondu le garçon. Tu ne sens pas l'odeur ?

Elle a reniflé bruyamment.

– Non.

– Qu'est-ce qu'il te faut ! Viens plus près.

Il l'a prise par la main et ils se sont approchés de moi.

La fille me regardait d'un air effaré comme si j'étais le diable.

– N'est-ce pas que tu es juif ? m'a demandé le garçon.

Je n'ai rien répondu.

Il m'a regardé sous le nez et a dit :

– T'as bien une tête de youpin !…

Puis, se retournant vers la fille :

– Regarde-le bien. C'est important de savoir les reconnaître. C'est quand même à cause d'eux qu'on a perdu la guerre, grand-père me l'a expliqué. C'est de la vermine ces gens-là, ça salit tout ce que ça touche… Faudra faire nettoyer le fauteuil où il s'est assis.

Je me suis levé et lui ai sauté dessus. Nous avons roulé par terre. La fille s'est mise à hurler « Au secours ! ». Nous avons continué à nous battre. Il s'est accroché à un napperon et tout ce qu'il y avait sur la table a basculé sur le parquet.

La porte du bureau du marquis s'est ouverte.

– Qu'est-ce qu'il se passe ? a demandé le marquis.

Sami était derrière lui.

– Ce sale Juif m'a attaqué, a dit le garçon.

J'ai crié :

– Ce n'est pas vrai, c'est lui.

– Oui, c'est lui qui a commencé… a reconnu la fille spontanément.

– Philippe, a ordonné sèchement le marquis, file dans ta chambre immédiatement !

Le Philippe en question m'a jeté un regard furibond avant de sortir de la pièce.

En rentrant, Sami m'a expliqué qu'il avait fini par vendre l'autographe de Clemenceau, mais malheureusement bien en dessous du prix qu'il aurait pu en tirer à Paris.

– Que veux-tu, à la guerre comme à la guerre !

Plus tard, il m'a parlé du marquis :

– Je me demande si ce la Blatte ne serait pas un peu pour de Gaulle… Ça ne l'empêche d'ailleurs pas de détester les Juifs, c'est le monde à l'envers. En tout cas, tu as très bien fait de boxer ce petit crétin. Ça lui a rabattu son caquet.

J'avais déjà entendu le nom de De Gaulle, ce général qui était à Londres, et dont on parlait sur un poste anglais qu'on n'avait pas le droit d'écouter ; mais au collège, certains copains, qui ne faisaient sans doute que répéter ce que disait leur père, prétendaient qu'il était d'accord avec Pétain, dont il avait d'ailleurs été l'aide de camp.

M. Vigneron nous a demandé comment ça s'était passé. Quand il parlait du marquis, il disait « cette culotte de peau » ; je n'ai jamais compris ce que ça signifiait. En fait, il ne l'aimait pas beaucoup, parce que sa mère avait été femme de chambre au château, du temps de la mère du marquis, et qu'elle lui avait dit qu'elle n'était pas bien traitée.

Une chose qui nous a beaucoup occupés, la semaine d'après, ç'a été le ramassage des doryphores. Ce sont des insectes rayés noir et blanc qui dévastent les plants de pommes de terre. Ils mangent les feuilles et les plants dépérissent. Il y avait eu une circulaire de la mairie : il fallait mettre les doryphores dans des bouteilles et, par bouteille, on gagnait un franc. Tous les enfants du village s'étaient mobilisés. En plus, comme « doryphores » c'était aussi le surnom qu'on donnait aux Allemands, justement parce qu'ils mangeaient nos pommes de terre (que le vieux grand-père appelait « cartouffles », je ne sais pas pourquoi), on pouvait se moquer d'eux tout en mettant nos insectes dans les bouteilles. Ça n'a pas beaucoup duré. Il n'y avait plus tellement de doryphores, étant donné la saison, et les ramasseurs étaient nombreux.

Mais, à l'occasion de ces ramassages, j'ai remarqué que Nicole était un peu dégoûtée à l'idée de les emprisonner dans une bouteille. Elle m'a dit qu'elle trouvait ça cruel. Peut-être qu'elle pensait à son père qui, lui aussi, était enfermé.

Début août, la batteuse est arrivée. Ils l'ont installée à la tombée de la nuit. Le lendemain, dès cinq heures du matin, nous avons tous dressé de grandes tables sur des tréteaux dans un pré, derrière la ferme, et Mme Vigneron, avec l'aide d'autres femmes du village et de Mme Lévy, s'est mise en cuisine.

Les garçons, nous sommes allés aider les hommes à la batteuse. C'est une grosse machine qui marche à la vapeur, comme une locomotive.

On apporte les gerbes dans des charrettes. On les prend avec des fourches et on les met dans le haut de la batteuse. Le grain tombe en bas dans des sacs. Quand un sac est plein, on ferme le goulet, on charge le sac plein, et on en met un autre, puis on rouvre le goulet.

Toute cette opération dégage une poussière opaque qui vous aveugle et vous fait éternuer.

Je n'avais jamais vu ça. C'est une vraie fête. Tout le village était là. Les Lévy connaissaient pas mal de monde, parce qu'ils avaient passé presque deux mois ici en 1940.

À un moment, un des journaliers a cassé sa fourche et, comme je me trouvais là, il m'a demandé d'aller lui en chercher une autre.

Il y avait, au fond de la grange, un petit réduit où l'on entreposait les outils.

J'ai donc couru jusqu'à ce réduit, j'y suis entré et je suis tombé nez à nez sur Lapébie et la mère de Nicole, qui étaient en train de s'embrasser.

J'ai fait celui qui ne s'était rendu compte de rien, car ils se trouvaient sur le côté, dans un recoin, j'ai pris une fourche et je suis ressorti aussitôt. Ils ont dû réellement croire que je ne les avais pas vus.

Mais, en sortant, j'ai croisé une grande fille qui avait l'air de chercher quelqu'un. Elle s'est dirigée vers le magasin à outils.

Je me suis arrêté et j'ai attendu pour voir ce qui allait se passer. Elle a poussé la porte, mais à ce moment-là l'ouvrier qui attendait devant la grange m'a crié :

– Alors, cette fourche, ça vient ?

Je la lui ai apportée et j'ai regagné ma place près de la batteuse.

Je n'ai évidemment rien dit à Nicole de ce que j'avais surpris. Elle était de l'autre côté, occupée à servir de la piquette avec un grand broc dans tous les verres qu'on lui tendait.

Plus tard, Mme Lévy est venue s'asseoir à côté de nous à la grande table. Elle avait l'air très embêtée.

Nicole l'a remarqué et lui a dit :

– Il y a quelque chose qui ne va pas, maman ?

Elle a répondu :

– Non, ça va.

Mais j'ai bien vu qu'elle n'était pas dans son assiette.

Ensuite, elle nous a dit :

– Je pense à la rentrée. Il faut trouver une solution.

C'est surtout ça qui la préoccupait, la prochaine rentrée scolaire. Elle nous en parlait souvent. Où Nicole allait-elle pouvoir continuer ses études, et moi, par la même occasion ? Des collèges, il y en avait dans les grandes villes, à Montluçon ou à Bourbon-l'Archambault, par exemple, mais c'était très loin, il aurait fallu que nous y soyons pensionnaires, et il n'était pas question qu'elle se sépare de sa fille.

Un jour, elle a entendu dire qu'il y avait dans les environs une institution religieuse qui acceptait les enfants de réfugiés.

Elle a pris son vélo et elle y est allée. Mais elle est revenue bredouille : ils demandaient des certificats de baptême.

Le 15 août, cette année-là, tombait un samedi. Les Vigneron sont tous allés à la messe au village parce que c'était la fête de la Sainte Vierge et nous avons fait un très bon repas car Mme Vigneron se prénommait Marie, comme la Sainte Vierge, parce qu'elle était née un 15 août et c'était donc à la fois sa fête et son anniversaire. Il y avait un gâteau avec trente-huit bougies. J'ai calculé que Mme Vigneron avait six ans de plus que maman et cinq ans de plus que la mère de Nicole. Il faisait extrêmement chaud : la canicule, comme l'été 1870, répétait le vieux grand-père.

L'après-midi, pendant que tout le monde faisait la sieste, Nicole et moi nous avons pris les bicyclettes pour aller nous baigner à l'étang.

Nicole avait déjà mis son maillot. Il lui a suffi d'ôter sa robe en la passant par-dessus sa tête. Moi, je suis allé dans un fourré enfiler mon slip de bain. J'avais pris un coup de soleil la semaine d'avant et j'étais encore rouge vif.

Nous sommes entrés dans l'eau comme d'habitude, en nous tordant les pieds sur les pierres qui tapissaient le fond, près du bord. Il n'y avait pas assez de profondeur pour plonger.

L'eau était fraîche et je me suis dit qu'au fond je n'aimais pas vraiment les étangs. Quand on ouvre les yeux en nageant sous l'eau, on ne voit rien ou alors des herbes qui se balancent doucement dans une eau noire et ça fait un peu peur.

Nous sommes ressortis et nous nous sommes assis dans l'herbe, car il n'y avait pas de sable.

Et là, je ne sais pas pourquoi, j'ai dit tout à coup à Nicole que Toto m'avait raconté qu'elle l'avait embrassé avec la langue.

Elle a éclaté de rire et m'a regardé d'un air moqueur.

– Et tu l'as cru ?

J'ai rougi. J'étais bien embêté parce que je ne m'étais même pas demandé s'il se vantait.

– Avec la langue ou pas, je n'embrasse que les garçons dont je suis amoureuse. Et je ne suis pas amoureuse de Toto.

Du coup, je me suis enhardi.

– Moi, par exemple, tu m'embrasserais avec la langue ?

– Bien sûr.

– Pourquoi ?

– Parce que toi, je t'aime.

C'était une vraie déclaration et je n'en revenais pas.

Elle a approché brusquement ses lèvres et, dès que je les ai senties contre les miennes, j'ai sorti doucement ma langue et je l'ai enfoncée dans sa bouche.

Malgré mon émotion, je ne pouvais pas m'empêcher d'imaginer la tête de Bilinski quand je lui raconterais ça.

Elle a aspiré ma langue, l'a sucée, presque avalée, puis l'a repoussée doucement et je lui ai laissé entrer la sienne dans ma bouche. Nous étions encore tout mouillés et nous sommes tombés dans l'herbe haute, moi sur elle.

Je ne me suis pas rendu compte tout de suite que je bandais, mais elle a dû le sentir contre sa cuisse et elle s'est dégagée.

– Non, non, Bernard, il ne faut pas, sois sage. Embrassons-nous seulement.

Et nous avons recommencé. Ça avait l'air de lui plaire autant qu'à moi. Moi, j'étais bien encombré avec ma trique (c'était comme ça qu'on disait, avec Bilinski).

Je sentais la pointe de ses seins à travers son maillot et ça n'arrangeait rien.

À un moment, nous avons entendu le bourdonnement d'une guêpe qui nous tournait autour et Nicole s'est dégagée brusquement et s'est redressée :

– Il faut que je fasse attention, la dernière fois que j'ai été piquée, ma tête avait doublé de volume et on a été obligé d'appeler le médecin.

Je me suis levé moi aussi, mais j'étais obligé de me pencher un peu en avant pour que ma trique ne soit pas trop visible.

C'était très gênant.

Nous avions apporté des serviettes et Nicole m'en a tendu une :

– Tiens, sèche-moi.

Et, pendant que je la séchais :

– Je me demande bien ce qui a pu te faire croire que j'ai été amoureuse de Toto. De toute façon, je ne me marierai jamais avec un *goy*.

Encore un mot que je ne connaissais pas. Je ne le lui ai pas fait répéter pour ne pas paraître idiot. J'ai simplement dit « bien sûr », comme si j'étais au courant.

– Toi, l'embêtant, c'est que tu es plus jeune que moi.

Nous sommes restés une bonne partie de l'après-midi, assis dans l'herbe, à parler de ce que nous ferions plus tard dans la vie.

Elle, elle voulait être avocate, comme son père, et moi, je lui ai avoué ce que je n'avais jamais dit à personne, même pas à Bilinski, que je voulais être écrivain.

Je ne sais pas pourquoi, mais ça l'a tout excitée. Elle m'a encore embrassé et m'a demandé ce que j'avais l'intention d'écrire.

J'ai dit : « Des romans. »

Et là elle a voulu savoir si j'écrirais un jour ce qui nous était arrivé depuis que j'avais ramassé la lettre de son père dans une rue de Compiègne.

Je lui ai répondu qu'il y avait de fortes chances parce que les écrivains, en général, utilisent leurs souvenirs pour écrire des romans.

– Est-ce que tu me mettras, moi, dans un roman d'amour ?

– Sûrement, mais peut-être sous un autre nom.

– Pourquoi ? Tu ne l'aimes pas ?

– Si. Mais comme ça sera un personnage inventé, seulement inspiré par toi, il est normal que je lui donne un autre nom. C'est toujours comme ça. Prends madame Bovary : la femme que Flaubert avait prise comme modèle ne s'appelait pas Emma Bovary…

– Qu'est-ce que tu en sais ?

– Notre prof de lettres nous l'a dit.

– D'accord, mais Nicole Lévy, ça pourrait très bien être le nom d'une héroïne de roman.

Et nous avons continué de nous bécoter. Quelle journée !...

Vers cinq heures, nous avons repris nos bicyclettes pour rentrer parce que nous avions oublié d'apporter le goûter.

Sur la route, nous avons vu arriver au loin un cavalier au grand galop. Quand il s'est approché de nous, nous avons reconnu M. Pinson, le vétérinaire, qui était déjà venu plusieurs fois à la ferme. Il s'est arrêté. Nous sommes descendus de vélo. Il avait l'air hors de lui.

Il nous a crié :

– Cachez-vous !... Cachez-vous !...

Nous ne comprenions pas ce qu'il voulait dire.

– Rentrez sous les arbres.

Nous avons poussé nos bicyclettes dans le sous-bois. Il a sauté à terre et nous a rejoints en tirant son cheval derrière lui.

– Ils viennent d'arrêter vos parents...

– Maman !... a dit Nicole.

– Et M. Sami aussi...

– Ce n'est pas vrai !... a-t-elle crié.

– Hélas, si.

– Où est-ce qu'ils les ont emmenés ?

– Je n'en sais rien.

– Mais qu'est-ce qu'on va devenir ?

– Mes pauvres enfants, il ne faut pas que vous rentriez. Ils sont encore là-bas.

– Les Allemands ?...

– Non, les gendarmes, des Français, quelle honte !... Il y en a qui sont restés à la ferme... sans doute pour vous attendre. Ils ne m'ont pas vu, j'étais derrière, dans l'étable...

– Qu'est-ce qu'on va faire ?

– Il faut d'abord vous mettre à l'abri. Alors, écoutez-moi : vous allez faire le tour de l'étang jusqu'à un très gros chêne. Là, vous tournerez à droite sur le petit sentier qui s'enfonce dans la forêt et, dix minutes après, vous découvrirez une hutte. C'est un coin perdu. Personne n'ira vous chercher là-bas. Je viendrai vous voir dès que je le pourrai... Je vais essayer de trouver une solution.

Et, comme nous reprenions nos vélos :

– Non, laissez-les là, cachez-les dans le fossé.

C'est ce que nous avons fait.

Puis nous sommes partis. Nous avons marché en silence. De temps en temps, nous nous regardions, mais nous ne nous disions rien. Nicole était hagarde, hébétée.

Nous sommes parvenus au gros chêne. Nous avons suivi le sentier et nous sommes finalement arrivés à la hutte dont il avait parlé.

C'était une toute petite maison avec un toit en vieilles tuiles percé d'un trou qui servait de cheminée. À l'intérieur, il y avait un peu de paille et les restes d'un feu, des morceaux de bois brûlé.

Nicole s'est recroquevillée dans la paille et elle s'est mise à pleurer. Elle a pleuré très très longtemps, elle a pleuré, comme on dit, toutes les larmes de son corps. Je sais ce que c'est. Quand ma grand-mère est morte, maman a absolument voulu que je la voie sur son lit de mort, je suis entré dans la chambre et je l'ai regardée : c'était une vieille femme sans couleur avec une bouche qui rentrait, elle ne ressemblait plus du tout à ma grand-mère, et j'ai pleuré toute la nuit qui a suivi. J'ai vraiment pleuré toutes les larmes de mon corps parce que au cimetière, le lendemain, je n'avais plus de larmes.

Nicole, ç'a été pareil. Elle a cessé de pleurer au lever du jour.

Nous avions faim, nous n'avions rien mangé depuis le déjeuner de la veille. On entendait couler l'eau d'une source pas très loin, nous sommes allés y boire.

Au retour, Nicole m'a dit :

– Mais qu'est-ce qu'ils ont contre les Juifs ? Qu'est-ce qu'on leur a fait ?

Je n'en savais rien.

– Tu les crois, toi, les rabbins qui disent que c'est Dieu qui nous punit, parce qu'on l'a oublié ?

Je n'avais jamais vu un rabbin et je ne pouvais pas non plus lui dire que j'avais entendu l'aumônier du collège déclarer que les Juifs étaient maudits parce qu'ils avaient crucifié Jésus.

Au fond, en y réfléchissant bien, la Sainte Vierge, qu'on avait fêtée hier, elle était juive elle aussi, comme Jésus d'ailleurs, qui était le fils d'une Juive et bien sûr du Saint-Esprit.

Vers onze heures, le vétérinaire est revenu. Il apportait du pain, du fromage et des fruits.

Pendant que nous mangions, il nous a expliqué que le curé de Pouligny, un village du sud du département, était d'accord pour nous recueillir. Nous y partirions avec lui dès que la nuit serait tombée parce qu'il avait peur qu'il y ait encore des contrôles sur les routes dans la journée.

Après le repas, Nicole, qui n'avait pas dormi de la nuit, a posé sa tête sur mes genoux et s'est endormie. Je n'ai pas osé bouger et ma jambe a fini par s'ankyloser. J'ai serré les dents et supporté la douleur. Je l'ai regardée dormir. Son visage avait l'air détendu, et puis, de temps en temps, elle fronçait les sourcils, bougeait la tête comme si elle disait non, et j'imaginais qu'elle devait faire des cauchemars. J'aurais pu la réveiller pour lui dire qu'elle rêvait, mais comme la réalité était pire qu'un cauchemar…

C'est le retour de M. Pinson qui l'a réveillée. Il était près de minuit. Il avait pris une petite voiture à cheval, avec des ressorts et des grandes roues. Nous sommes montés à côté de lui. Par terre, deux paquets contenaient nos affaires, que les Vigneron lui avaient données.

– Ils vous embrassent et vous font dire qu'il ne faut pas désespérer.

Nous avons roulé jusqu'à l'aube. Il y avait un clair de lune magnifique. On y voyait comme en plein jour. Nous avons emprunté des petites routes, et nous n'avons rencontré personne.

La maison du curé était juste à côté de l'église, dans un jardin plein de fruits et de légumes. Au moment où nous sommes arrivés, le curé sortait de chez lui avec une bouteille de vin à la main.

– Ah !… vous voilà. Je vais dire ma première messe. Entrez. Pascaline va vous installer.

Puis il s'est tourné vers nous avec un grand sourire :

– Bienvenue, les enfants.

Il avait des yeux très bleus, entourés des petites rides du sourire, un regard très bon mais, je ne sais pas pourquoi, il ne m'a pas plu. Il me rappelait un aumônier du collège qui nous donnait de grands coups de missel sur la tête quand on avait bavardé pendant la messe.

Pascaline était une dame un peu sévère au visage maigre et aux cheveux gris, tirés en chignon. Elle nous a servi en silence de grands bols de café au lait avec du pain et du beurre et nous a regardés manger d'un air un peu méfiant.

M. Pinson est allé attendre le curé à la sortie de sa messe. Ils sont revenus à la maison en discutant.

Le curé nous a fait entrer dans son bureau et a refermé soigneusement la porte.

– Alors, voilà, les enfants, a dit M. Pinson, M. l'abbé Bouillon est d'accord pour s'occuper de vous. La seule chose, c'est qu'il ne faudra jamais dire que vous êtes juifs.

– Même à Pascaline, a ajouté l'abbé. Ce n'est pas que je n'aie pas confiance en elle, mais elle est un peu bavarde.

– On dira que vous êtes de petits réfugiés et que vos parents sont morts dans un bombardement. Je m'occuperai de vous faire faire des papiers.

– On en a déjà, a dit Nicole.

Elle a sorti sa carte d'identité de son sac à bandoulière qu'elle avait récupéré dans ses affaires.

Le curé l'a examinée.

– Moi aussi j'en ai une, ai-je dit. Elle est restée dans mon sac à dos, que j'ai laissé dans la cuisine.

– Mais Leroy, ce n'est pas votre vrai nom ? a demandé l'abbé.

– Non. Ce sont de faux papiers. En fait, nous nous appelons tous les deux Lévy, nous sommes frère et sœur.

– Je croyais que vous étiez cousins ? s'est étonné le vétérinaire.

– Non, a insisté Nicole. Bernard est mon petit frère.

Je ne sais pas si M. Pinson l'a crue. Il avait déjà dû dire à l'abbé que nous étions cousins car ils ont échangé un coup d'œil de surprise, mais l'abbé a simplement haussé les épaules et dit :

– Vos papiers vont nous faciliter les choses. Je pense que nous pourrons vous avoir plus facilement des cartes d'alimentation à la mairie. Comme, en plus, le maire est un ami…

M. Pinson a regardé sa montre et dit qu'il devait rentrer.

– Est-ce que vous allez arriver à savoir où ils ont emmené maman et grand-père ? lui a demandé Nicole.

– En tout cas, je vais essayer. Ne t'inquiète pas, je vous tiendrai au courant. Je vous laisse. Au revoir, les enfants.

Et il nous a embrassés tous les deux avant de partir.

Pascaline nous a installés chacun dans une chambre, au premier étage de la maison.

C'était une maison assez grande, mais les pièces du premier étage étaient vides ou servaient de débarras. Le curé et Pascaline logaient au rez-de-chaussée. Ils avaient ouvert les deux chambres au premier et mis un divan dans chacune. Ça sentait un peu le moisi. Dans la mienne, il y avait des malles et des cantines, dans celle de Nicole des piles de journaux et de revues religieuses.

Dans les deux pièces, il y avait un crucifix au-dessus de chaque lit et une statue de la Sainte Vierge sur la cheminée.

Nicole a été un peu surprise quand elle les a vues.

– Le curé sait très bien qu'on est juifs, pourquoi il a mis ça ?

– Ça doit être plutôt Pascaline. Elle, elle pense qu'on est catholiques. Le curé ne lui a rien dit parce qu'elle est bavarde.

– Tu as raison et, de toute façon, il faut faire croire que nous ne sommes pas juifs. Si, par exemple, on était malades et qu'on faisait venir un médecin, il serait surpris de ne pas voir de crucifix au-dessus des lits, surtout dans la maison d'un curé.

Comme nous étions restés debout toute la nuit, nous nous sommes endormis tout de suite, chacun dans sa chambre, et Pascaline n'est venue nous réveiller que pour le déjeuner.

Avant le repas, l'abbé Bouillon et Pascaline ont dit le bénédicité. Nous, nous avons attendu sans rien dire mais, par habitude, à la fin, j'ai murmuré : « Ainsi soit-il. »

L'abbé Bouillon m'a regardé d'un drôle d'air. On aurait dit qu'il avait compris que je lui cachais quelque chose.

Au bout de quelque temps, comme nous n'avions pas grand-chose à faire, l'abbé Bouillon nous a inscrits au patronage.

Évidemment, tous les jours, ça commençait par du catéchisme.

– Je ne peux pas vous en dispenser, nous a-t-il dit. Ça pourrait éveiller des soupçons. Il faut que personne dans le village ne se doute que vous êtes juifs. D'ailleurs, la seule différence entre nos deux religions, c'est que les juifs n'ont pas compris que Jésus était le fils de Dieu. Ils ont cru qu'il n'était qu'un prophète, alors qu'il était vraiment le Messie annoncé dans la Bible. Ils attendent toujours la venue du Messie alors qu'il est déjà venu et que c'est Jésus.

Je savais déjà tout ça, je l'avais appris au catéchisme, mais Nicole, je m'en suis aperçu, se posait beaucoup de questions.

Quand il faisait beau, le catéchisme avait lieu dans un pré. Nous nous asseyions tous en cercle et l'abbé Bouillon, coiffé d'un grand chapeau de paille, nous racontait le Nouveau Testament. De temps en temps, je surprenais dans son regard une sorte de complicité. Il nous regardait, Nicole et moi, comme s'il était en train de nous convertir. Moi, encore, ça me faisait plutôt sourire intérieurement, mais elle, elle ne supportait pas. Elle n'avait pas été élevée dans la religion juive et Sami, le mécréant, l'avait poussée à ne pas croire à toutes ces « balivernes », comme il disait. Mais sa mère et surtout les parents de sa mère, qui vivaient aux États-Unis, étaient très pratiquants et, chaque fois qu'ils venaient à Paris, avant la guerre, ils l'emmenaient à la synagogue de la rue de Provence.

L'idée que l'abbé Bouillon puisse essayer de la convertir la rendait furieuse.

– Il oublie une chose, le curé, c'est que ce sont des gendarmes catholiques qui ont arrêté maman et grand-père. Alors, l'amour du prochain, où il est ?

Après le catéchisme, nous jouions au foot. L'abbé Bouillon retroussait sa soutane. Il avait des chaussettes montantes noires et on devinait parfois le bas de son caleçon.

Après, nous allions jouer entre nous. C'étaient presque les mêmes jeux qu'à Hautibœuf. Nous fumions des cigarettes d'armoise – une herbe que les gros fumeurs utilisaient pour remplacer le tabac et fumer quand même, malgré la pénurie. Nous allions pêcher à la rivière, les pieds dans l'eau, à la main, sous les pierres. Nous racontions des histoires drôles, mais toujours un peu à base de derrière et de zizi. Certains jouaient au docteur et des filles acceptaient pour un bonbon de soulever leur jupe. Quand nous faisions quelque chose qui ne leur plaisait pas, ils nous criaient : « Parisien, tête de chien ! »

Un jour, un petit paysan boutonneux m'a pris à part et m'a dit :

– Elle est vraiment très chouette, ta sœur. Je te donne une livre de beurre si tu lui dis de me montrer « ses poitrines ».

Je n'ai vraiment pas su quoi répondre.

Nicole était tout le temps triste. Moi aussi, j'étais triste, parce que j'aimais bien Sami et Mme Lévy. Je ne connaissais pas le père de Nicole, je l'avais juste vu passer sous les fenêtres de Croque-mort, mais je pouvais comprendre ce qu'elle ressentait parce que mon père aussi était prisonnier. Malgré tout, je ne pouvais pas être triste de la même façon qu'elle. En fait, j'étais surtout triste qu'elle soit triste.

Un dimanche, M. Pinson, le vétérinaire, est venu nous voir. Il avait des nouvelles de Sami et de Mme Lévy.

Ils avaient été emmenés dans un camp près d'Orléans.

– Mais c'est la zone occupée, s'est étonnée Nicole.

– Oui, a dit le vétérinaire, les gendarmes ont dû les remettre aux Fritz à la ligne de démarcation.

– Mais pourquoi ?

– Sans doute un arrangement entre Pétain et Hitler.

– Quand je pense à tout ce que ce pauvre grand-père nous disait de Pétain !

– Il l'a connu à une autre époque.

– Ils sont toujours près d'Orléans ?

– Je n'en sais rien.

– On ne pourrait pas aller les voir ?

– Non, ça serait trop dangereux.

Et il a ajouté :

– Le pire, c'est qu'on dit qu'ils ont été dénoncés.

– Par qui ?

– Une fille du village, à ce qu'on dit, une ancienne petite amie de Lapébie.

Ce soir-là, Nicole est venue dans ma chambre et s'est couchée à côté de moi, sur le couvre-lit. Moi, j'étais dessous. Elle avait sa culotte Petit Bateau et un maillot de corps assez transparent. À travers, on pouvait voir ses seins et le bout de ses seins. J'avais mon slip et mon Rasurel.

Elle s'est blottie contre moi et a mis sa tête contre mon cou.

Elle était triste. Elle m'a dit :

– Je n'ai plus de père, plus de mère, plus de grand-père, je suis une orpheline, je n'ai plus que toi. Tu es ma seule famille.

Et après elle m'a donné des tas de petits baisers sur les joues, le front, les yeux, le nez.

J'étais allongé sur le dos, elle en chien de fusil à côté de moi.

Entre nous, il n'y avait que l'épaisseur du couvre-lit.

Évidemment j'ai encore eu la trique. Ce n'était pas vraiment le moment.

Je ne sais pas si elle s'en est aperçue.

Elle est restée presque une heure à se « réchauffer le cœur », comme elle disait.

Puis elle est retournée dans sa chambre sur la pointe des pieds parce qu'il ne fallait pas que Pascaline nous entende ou nous trouve dans le même lit en venant nous réveiller le lendemain matin.

Quand elle est partie, j'avais toujours la trique. J'aurais pu m'astiquer, comme Toto. Mais je n'en avais pas envie. J'ai attendu que ça se passe et ça a dégonflé tout seul.

La rentrée approchait. Il n'y avait qu'une école primaire dans le bourg. Moi, je devais entrer en quatrième et Nicole en troisième. L'abbé Bouillon cherchait une solution.

Un soir, il nous a dit qu'il nous emmènerait le lendemain dans une institution religieuse qu'on lui avait indiquée et où nous pourrions peut-être continuer nos études comme pensionnaires.

La mère supérieure n'avait qu'une phrase à la bouche : « J'espère que vous n'êtes pas juifs. » Elle disait qu'elle ne pouvait pas prendre ce risque pour les autres élèves. Il lui fallait des certificats de baptême. L'abbé Bouillon était très gêné. Il lui a expliqué que nous venions d'Abbeville, que nous n'avions aucun papier sur nous, que tout avait brûlé dans un bombardement.

J'ai pensé à mon certificat, toujours plié dans la poche de mon blouson, et je me suis dit aussi que l'abbé Bouillon aurait très bien pu en faire un à Nicole.

Mais il a seulement dit qu'il allait essayer de trouver une autre solution. Il ne voulait sans doute pas faire un faux.

Un jour, il nous a annoncé que finalement il nous ferait travailler à la maison et qu'il corrigerait nos devoirs.

Il a fait venir des manuels de quatrième et de troisième et nous avons aménagé une sorte de classe dans le grenier de la maison avec des pupitres et un tableau noir.

Il a tout de même attendu la rentrée des classes pour nous faire commencer les cours.

Tous les après-midi, pendant deux ou trois heures, il montait nous enseigner chaque fois une matière différente et, le reste du temps, nous travaillions tout seuls et nous faisions nos devoirs sous la surveillance de Pascaline, qui prenait son rôle très au sérieux.

Nicole avait un an d'avance sur moi, elle savait donc déjà tout ce que je devais apprendre et, quand je séchais, elle me donnait des conseils.

C'était une situation un peu bizarre parce qu'elle me traitait comme si j'étais son petit frère, alors que la plupart du temps, disons dans l'intimité, elle voulait plutôt se mettre sous ma protection.

À quelque temps de là, l'abbé Bouillon a reçu la visite d'un de ses copains, du temps où il était au grand séminaire.

C'était un petit curé très sympa avec l'accent du Midi. Il est resté déjeuner avec nous.

D'après ce que j'ai compris, il avait apporté une feuille sur laquelle il avait recopié la lettre que l'archevêque de Toulouse avait envoyée à tous les curés de son département.

L'abbé Bouillon l'a lue.

– C'est très bien, il était temps que l'Église bouge un peu, je la lirai à mes ouailles.

– Fais attention, lui a dit son copain. À Toulouse, le préfet a protesté et c'est remonté jusqu'à Vichy.

– Je m'en fous, a répondu l'abbé Bouillon.

Je ne l'avais jamais entendu parler comme ça. Il fallait que ça soit important.

Le dimanche suivant, nous nous sommes tous rendus à la messe de onze heures. Il y avait beaucoup de monde. Nicole et moi nous sommes assis au fond, avec Pascaline.

Après l'évangile, l'abbé Bouillon est monté en chaire et a déclaré qu'aujourd'hui, exceptionnellement, à la place du prêche, il allait simplement lire la lettre de monseigneur l'archevêque de Toulouse sur la personne humaine.

Vers la fin, ça disait :

« Les juifs sont des hommes, les juives sont des femmes. Tout n'est pas permis contre eux, contre ces hommes, contre ces femmes, contre ces pères et mères de famille. Ils font partie du genre humain : ils sont nos frères comme tant d'autres. Un chrétien ne peut l'oublier. Les mesures antisémitiques actuelles sont un mépris de la dignité humaine, une violation des droits les plus sacrés de la personne et de la famille. »

Les gens n'ont pas vraiment réagi mais, à la sortie de la messe, sur la place de l'Église, nous avons entendu un homme qui vociférait. Nous nous sommes approchés de l'attroupement qui s'était formé autour de lui. C'était un homme assez petit, rougeaud, avec un béret bleu marine un peu comme un chasseur alpin et une brochette de décorations sur son veston. Il hurlait :

– C'est de la provocation !... Votre curé n'a pas l'air d'avoir compris que si la France a été battue, c'est la faute des Juifs. Il faut tous les empêcher de nuire. D'ailleurs, contrairement à ce qu'a dit ce cureton de malheur, un Juif n'est pas un homme, c'est un sous-homme, ça a été prouvé scientifiquement et il n'y a aucun scrupule à avoir. S'ils résistent, il n'y a qu'à les éliminer. Il faut faire disparaître cette race de la surface de la terre.

Les paysans hochaient la tête.

– Qui c'est, celui-là ? a dit l'un d'eux.

– Encore un de ces excités de la Révolution nationale.

– C'est un journaliste de Clermont-Ferrand.

– Qu'est-ce qu'il fait là ?

– Il paraît qu'il enquête sur le moral des populations.

Cette nuit-là, Nicole a fait des cauchemars. Elle s'est mise à hurler au beau milieu de la nuit et Pascaline est montée pour la réconforter. Elle est même restée dormir à côté d'elle le restant de la nuit.

Le jeudi suivant, au patronage, un garçon m'a dit que son père, qui était cordonnier, lui avait dit que Nicole et moi, nous étions sûrement juifs.

– Et tu l'as cru ?

– Quand même, il y a beaucoup de réfugiés juifs dans la région…

– Et des réfugiés juifs qui savent réciter l'*Ave Maria* en latin, tu en connais beaucoup ?

– Tu sais ?

Je lui ai récité l'*Ave Maria* du début à la fin. Il n'en croyait pas ses oreilles.

Je lui ai dit de raconter ça à son père.

Le jeudi suivant, nous nous étions levés, comme d'habitude, plus tard que les autres jours parce que pour nous aussi c'était un jour de congé, exactement comme si nous étions au collège, et nous prenions le petit déjeuner quand on a sonné.

Pascaline est allée ouvrir. C'était la femme du boucher, une femme qui avait toujours des bigoudis sur la tête. Elle tenait un papier à la main et elle a dit :

– Vous avez vu ça ?

Pascaline a pris le papier, l'a examiné et a dit :

– Ce n'est pas possible… Qui est-ce qui a bien pu écrire ça ?

– C'est anonyme, vous voyez bien. Tous les gens de la grand-rue en avaient une ce matin dans leur boîte aux lettres.

Nicole m'a regardé. Elle avait l'air, comme moi, très curieuse de savoir de quoi il s'agissait.

Mais Pascaline ne nous a rien dit. Elle a réfléchi.

– M. le curé n'est pas là. Il est allé dire la messe à l'hospice. Croyez-vous qu'il faut que j'aille le prévenir ?

– Il le lira toujours assez tôt.

– Vous avez raison.

Pascaline a posé le papier sur la toile cirée et elle est allée reconduire la bouchère à la porte.

Nicole en a profité pour prendre le papier. Elle l'a lu avant de me le passer. Il y avait écrit, avec des lettres d'imprimerie découpées dans un journal :

L'ABBÉ BOUILLON CACHE DES JUIFS.

Pascaline est revenue et a compris que nous avions lu le papier.

– Vous vous rendez compte, ce que les gens peuvent être méchants, a-t-elle seulement dit.

Le soir, quand l'abbé Bouillon est rentré, Pascaline lui a montré le papier. Il a eu l'air très embêté. Il est sorti aussitôt pour aller voir le maire, qui était un ami à lui.

Avant que nous allions nous coucher, Nicole m'a dit qu'il ne fallait pas s'inquiéter : nous avions des papiers en règle, au nom de Leroy, personne ne pouvait prouver que nous étions juifs.

À la suite de cette lettre anonyme, l'abbé Bouillon a bien été obligé de dire la vérité à Pascaline en lui demandant évidemment de garder le silence.

Le lendemain, à déjeuner, elle nous l'a avoué :

– Alors, comme ça, vous êtes juifs, mes pauvres enfants ? Eh bien, je vais vous dire, on ne dirait pas. Vous êtes bien gentils pour des Juifs. Moi, je vous aime bien. Alors que les Juifs, en général je ne les porte pas dans mon cœur. Mon pauvre frère a été roulé par un Juif. Il travaillait pour lui, comme représentant, il vendait de la lingerie, et le Juif lui avait promis de l'associer à son affaire. Un jour, mon frère lui a donné toutes ses économies pour assurer une échéance de fin de mois. Le lendemain, il avait disparu. Et mon frère était ruiné, il a dû repartir de zéro. J'ai même dû lui prêter de l'argent sur mon héritage.

Curieusement, à partir de ce moment-là, Pascaline a cherché toutes les occasions de nous dorloter.

Pour nous retaper, comme elle disait, elle nous faisait boire du « lait de poule », c'est-à-dire du lait chaud sucré dans lequel on met un jaune d'œuf. C'est très bon.

Pendant que nous buvions, elle nous disait tout le mal qu'elle pensait de Pétain. Elle avait une véritable haine contre lui. Ce n'était pas à cause de l'armistice et de la collaboration, mais parce qu'une de ses amies d'enfance avait été femme de chambre chez lui dans les années 1920 et qu'il s'était mal conduit avec elle. Pascaline disait que c'était un chaud lapin, qu'il courait après toutes les filles, qu'il essayait de les coincer dans les couloirs, et son amie d'enfance avait dû quitter sa place parce qu'elle ne pouvait plus supporter ses avances.

– C'est-y pas une honte pour un maréchal de France qui n'a que le mot « famille » à la bouche ? Ah !... Il doit s'en passer de belles dans les couloirs de l'Hôtel du Parc !... Quand je pense que ce vieillard lubrique a fait vider entièrement un grand hôtel de Vichy pour pouvoir s'adonner à ses vices... C'est une honte, je vous dis. Moi, rien que d'entendre prononcer le mot « Vichy », ça me donne des boutons.

Un jour, la garde-barrière est venue annoncer que son fils, qui était enfant de chœur, était malade, au lit avec une grosse angine, et qu'il ne pourrait pas venir servir la messe.

Ça tombait mal car il y avait ce jour-là un enterrement, la cérémonie devait commencer une heure plus tard et ça ne laissait pas à l'abbé Bouillon le temps de se retourner.

Il m'a dit :

– Bernard, ce n'est pas une messe, juste une bénédiction, s'il ne s'agit que de tenir la croix, le vase d'eau bénite et le goupillon, tu devrais pouvoir faire ça pour me rendre service. Pour les prières, je me débrouillerai, je ferai les demandes et les réponses.

Je n'ai pas pu refuser.

J'avais déjà fait ça très souvent à Compiègne, à l'église Saint-Jacques, qui était ma paroisse, et je m'étais plus d'une fois tapé, parfois sous la pluie, le trajet jusqu'au cimetière du Nord, qui se trouve au diable, à la sortie de la ville, sur la route de Soissons, en brandissant la grande croix devant un cheval de corbillard qui marchait au pas. Mais je ne pouvais pas le dire à l'abbé.

Je suis allé avec lui à l'église, j'ai enfilé une soutane noire, qui était trop petite pour moi et m'arrivait juste en dessous des genoux, et un surplis blanc.

Les gens sont arrivés. C'était une centenaire qu'on enterrait. Il y avait beaucoup de monde, des vieux et des jeunes. Le cimetière était juste derrière l'église. Quatre hommes de la famille ont porté le cercueil sur des tréteaux devant le trou qui avait été creusé.

L'abbé Bouillon a commencé à dire les prières des morts, en latin, et moi, par habitude, j'ai fait les réponses. Il a d'abord trouvé ça naturel puis, à un moment, il s'est tourné légèrement vers moi, et c'est là que je me suis aperçu que j'étais en train de me trahir. Je ne savais plus quoi faire. Alors j'ai continué, comme si de rien n'était.

Les gens ont défilé l'un après l'autre et trempé le goupillon dans le vase que je leur présentais.

Après, nous sommes rentrés à la sacristie et nous nous sommes déshabillés. Je n'osais pas regarder l'abbé Bouillon. Je me demandais ce que j'allais bien pouvoir lui répondre. Mais il ne m'a posé aucune question. En sortant de la sacristie, il m'a donné seulement une grande tape sur l'épaule en me disant :

– Eh bien, tu vois, ça s'est très bien passé.

Deux jours après, l'abbé Bouillon nous a fait venir dans son bureau.

Il nous a parlé d'une association qui s'occupait d'enfants juifs, l'OSE, l'Œuvre de secours aux enfants. Il nous a dit qu'il allait essayer de la contacter parce qu'il avait peur que nous ayons bientôt des ennuis à cause de certains individus du bourg qui étaient collaborateurs et antisémites.

Je crois bien que c'est ce jour-là que j'ai entendu pour la première fois le mot « antisémite ». Nicole m'a expliqué que ça voulait dire des gens qui n'aiment pas les Juifs. Elle m'a même rapporté une histoire que lui avait racontée Sami, celle d'un capitaine qui se nommait Dreyfus et qui avait été condamné, avant la guerre de 14, aux travaux forcés, uniquement parce qu'il était juif.

Ce soir-là, avant de m'endormir, je me suis dit que malheureusement maman aussi était sûrement antisémite.

Quand, un peu plus tard, l'abbé Bouillon nous a annoncé qu'il avait reçu une lettre de l'OSE disant qu'une dame allait passer nous voir, nous avons eu une longue conversation, Nicole et moi.

Qu'est-ce que nous allions lui dire, à cette dame ? Que nous étions frère et sœur et que nous nous appelions tous les deux Lévy ? Ou bien qu'en fait, moi, je m'appelais David et que nous n'étions pas parents ?

Nicole pensait qu'il valait mieux dire que nous étions frère et sœur, sinon ils risquaient de nous séparer, de nous mettre dans deux maisons différentes.

J'ai trouvé formidable qu'elle me dise ça, car ça voulait dire qu'elle ne voulait pas me quitter. Sûrement qu'elle m'aimait vraiment, comme moi je l'aimais. Elle me l'avait dit, le 15 août, au bord de l'étang, mais, vu les événements, nous n'en avions plus reparlé et je m'étais souvent demandé si elle m'aimait toujours : là, j'en avais la preuve.

Un lundi, nous avons eu la visite de la représentante de l'OSE, Mlle Simon.

Elle a d'abord demandé à visiter nos chambres. Elle a vu les crucifix et les statues de la Sainte Vierge et dit sèchement à l'abbé Bouillon qu'il valait mieux les enlever.

Ensuite, elle a voulu avoir un entretien avec nous, seule à seuls, et l'abbé nous a installés avec elle dans son bureau. Il y avait un grand tableau représentant la Descente de Croix qu'il avait récupéré dans l'ancienne chapelle du château. Elle l'a regardé d'un air amusé et s'est assise devant comme pour lui tourner ostensiblement le dos.

Elle nous a expliqué que la situation était très difficile, qu'elle comprenait bien que nous n'avions pas envie de rester avec un prêtre catholique qui certainement, comme d'habitude, essayait de nous convertir à sa religion, mais qu'il n'y avait pas beaucoup de places dans les maisons qui accueillaient les enfants juifs et qu'elle ne pouvait rien nous promettre.

Nous lui avons raconté l'arrestation de Sami et de Mme Lévy. J'ai fait comme nous avions décidé avec Nicole : j'ai dit, comme elle, grand-père et maman en parlant d'eux.

Après, elle nous a demandé où nous en étions dans nos études et c'est là que ça a failli mal tourner. Nicole a dit qu'elle était en quatrième au lycée La Fontaine, qu'elle aurait dû entrer en troisième ce mois-ci.

– Et toi ? m'a demandé Mlle Simon.

– Il était en cinquième à Janson-de-Sailly, a répondu tout de suite Nicole.

Je n'aurais pas pu inventer ça, je ne savais même pas que ce lycée existait.

– En cinquième A ?

J'ai hoché la tête pour dire oui.

– Tu avais Grinberg comme professeur de lettres ?

– Non, non, a dit très vite Nicole, il était dans l'autre section.

– Et votre papa ?

– Il a été arrêté au mois de décembre de l'année dernière, avec d'autres avocats.

Là, je me suis lancé :

– Au mois de juin, il a quitté le camp de Royal-Lieu, près de Compiègne, pour prendre un train pour l'Allemagne.

– Des trains comme ça, il y en a tous les jours, mes pauvres enfants…

– Où on les emmène ? a demandé Nicole.

– On ne sait pas… Destination inconnue.

Elle a soupiré, elle avait l'air plus humaine tout d'un coup, elle s'est levée et elle a dit :

– On va vous mettre à l'abri.

Nous sommes sortis du bureau. Elle a parlé encore un peu avec l'abbé, puis elle est partie. Elle a dit qu'elle reviendrait la semaine suivante et qu'elle espérait alors pouvoir nous emmener tous les deux dans une maison d'accueil « de stricte observance ».

J'ai demandé à Nicole si elle savait ce que ça voulait dire : elle n'en avait aucune idée.

Le soir, avant de m'endormir, j'ai repensé à ce que Mlle Simon avait dit sur la difficulté qu'il y avait à se faire admettre dans une maison de l'OSE et j'ai fini par me demander très sérieusement si j'avais le droit, moi qui n'étais pas juif, d'y prendre la place d'un enfant vraiment juif.

Je ne pouvais pas faire ça.

Je ne pouvais pas faire courir à un enfant juif le risque d'être arrêté par les Allemands alors que je serais, moi, bien tranquille dans une maison où il aurait pu se cacher.

Mais comment expliquer ça à Nicole, elle qui était convaincue que j'étais juif comme elle ?

Et surtout, si je n'y allais pas, ça voulait dire qu'elle irait sans moi.

C'était ça le plus dur. Être séparé de la personne que j'aimais le plus au monde, plus que maman, et pour laquelle j'étais prêt à me faire tuer. Et, en plus, lui avouer que je n'étais pas juif, à elle qui m'avait dit qu'elle ne pourrait jamais se marier avec un *goy* (par recoupements, j'avais fini par comprendre que ça voulait dire quelqu'un qui n'est pas juif).

Je me suis dit qu'il fallait que je demande de l'aide à l'abbé Bouillon.

Le soir, j'ai profité de ce que Nicole était à la cuisine en train d'aider Pascaline à préparer le dîner pour demander à l'abbé de me confesser.

Il n'a pas eu l'air surpris.

Il m'a simplement dit :

– Demain matin, si tu veux bien, après la messe...

C'était peut-être pour me laisser encore un temps de réflexion, puisqu'on dit que la nuit porte conseil.

Mais le lendemain, lorsque je me suis retrouvé à genoux dans le confessionnal, avant que l'abbé, que j'entendais vaguement remuer à côté, n'ouvre la petite fenêtre grillagée, je n'avais plus tellement envie de lui raconter mon histoire.

J'avais rompu avec ma mère, j'étais parti sans lui donner de mes nouvelles, j'avais menti à tout le monde, et tout ça pour quoi ?

D'une certaine façon, c'était le hasard.

Mais en y réfléchissant bien, il y avait aussi Hervé, la présence d'Hervé à la maison et pas seulement à la maison, mais dans le grand lit, la nuit de l'alerte.

Et il y avait surtout Nicole dont le visage se superposait à toutes les images qui me restaient de cette aventure. C'était son apparition, dans l'entrebâillement de la porte du petit appartement de la rue Charlot, qui avait tout déclenché.

Mais justement, de ces deux raisons, Hervé et Nicole, je ne pouvais pas parler. C'était trop intime. Et, en plus, qu'est-ce qu'un curé, qui fait vœu de chasteté, pouvait y comprendre ?

Il fallait que je trouve autre chose.

Il a ouvert sa petite fenêtre, j'ai entrevu son profil derrière le grillage, et il m'a dit :

– Je t'écoute, Bernard.

Je suis resté muet.

Il a bien vu mon embarras et, pour m'aider, il a commencé à m'expliquer qu'évidemment, à l'enterrement, quand j'avais répondu en latin à ses prières, il avait compris que je n'étais pas juif, mais maintenant que j'étais d'accord pour en parler, il voulait que je lui explique pourquoi j'avais joué cette comédie.

Et là, je me suis entendu répondre :

– Pour être avec eux, les persécutés…

Je me demande si je n'avais pas lu ça dans l'Évangile. Je crois que Jésus le dit un jour à ses disciples. Ça ressemblait à un truc pour faire passer plus facilement la pilule auprès de l'abbé Bouillon.

En fait, je le pensais vraiment.

C'est vrai que j'aurais vraiment voulu faire partie de cette famille. Peut-être parce que moi aussi j'avais un père prisonnier. J'aurais aimé que Sami soit mon grand-père, parce que je n'avais connu aucun des deux miens et que je le trouvais formidable. Simone, elle avait eu cette histoire avec Lapébie, mais elle, ce n'était pas comme maman et Hervé, elle était en instance de divorce, elle n'aimait plus son mari, elle avait le droit. Évidemment, il y avait surtout Nicole, que je considérais de ma famille, pas comme grande sœur mais comme future femme.

L'abbé Bouillon a dû trouver ça tellement bien comme réponse qu'il m'a lancé un sourire d'admiration à travers le grillage du confessionnal en me disant :

– C'est très bien, Bernard. Jésus doit être content de toi. Remercions-le de t'avoir inspiré cette conduite charitable. Prions.

Et nous avons récité ensemble le *Notre Père*.

Après, je lui ai expliqué que je pensais que ce n'était pas bien que je prenne la place d'un enfant juif dans la maison d'accueil où devait nous emmener la dame.

Il m'a dit qu'il était d'accord.

Et alors je lui ai dit que j'avais peur que Nicole, qui était déjà tellement malheureuse de ne plus avoir ni père, ni mère, ni grand-père, ne soit encore plus triste si je lui annonçais que je ne voulais pas partir avec elle.

Il a croisé ses mains blanches devant son nez, comme il faisait souvent, il a réfléchi puis il m'a dit :

– Je crois que j'ai une solution... Même au prix d'un mensonge, que Dieu, j'en suis sûr, me pardonnera.

– Je ne voudrais pas qu'elle sache que je ne suis pas juif.

– Pourquoi ? Tu n'es pas fier d'être chrétien ?

– Si, mais ça lui fera un choc de plus.

– Comme tu veux.

Les quelques jours qui ont suivi ont été très pénibles pour moi.

D'abord, l'abbé ne m'avait rien dit sur la tactique qu'il voulait employer. J'avais beau avoir confiance en lui, je me demandais s'il n'allait pas tout révéler. En plus, Nicole avait l'air très contente que nous partions ensemble.

La veille de la venue de Mlle Simon, l'abbé nous avait demandé de préparer nos affaires. Je n'y comprenais plus rien.

Le lendemain, quand elle a été là, l'abbé s'est enfermé un moment avec elle dans son bureau.

Moi, j'attendais dans la cuisine avec Nicole et Pascaline.

Quand ils sont ressortis du bureau, Mlle Simon a dit qu'il y avait un changement de programme : la maison qu'elle avait trouvée n'accueillait que des filles, elle ne pouvait donc cette fois-ci n'emmener que Nicole.

– Et Bernard ? a demandé Nicole.

La dame de l'OSE a regardé l'abbé, puis a expliqué :

– Je viendrai le chercher plus tard, dès qu'il y aura deux places dans une maison qui prend les garçons et les filles.

– Et si les collabos du village le dénoncent ? s'est inquiétée Nicole.

– Je le cacherai chez des amis sûrs, a répondu l'abbé. J'ai déjà une idée.

Lorsque j'ai dit adieu à Nicole, je savais, moi, que je ne la reverrais plus, peut-être jusqu'à la fin de la guerre, mais elle, elle croyait que nous allions nous retrouver au plus tard dans deux semaines, et elle n'a pas pleuré.

J'ai essayé, moi aussi, de ne pas pleurer, de blaguer même, mais, dès qu'elle a été partie, j'ai fondu en larmes et Pascaline est venue me consoler.

Elle m'a pris dans ses bras, comme si j'étais son enfant, elle qui n'en avait jamais eu, et elle m'a bercé tendrement.

J'ai fini par m'endormir.

Le lendemain matin, j'étais jaune comme un coing. L'abbé Bouillon a fait venir un médecin. Il m'a fait tirer la langue, m'a examiné le blanc des yeux et a déclaré que c'était une jaunisse. C'était, a-t-il dit, une maladie qui avait un peu disparu parce que ce qu'on mangeait n'était plus très gras et il a demandé si je n'avais pas eu récemment un choc. Un choc violent, par exemple un deuil, pouvait, d'après lui, vous faire tourner les sangs et provoquer une jaunisse. L'abbé Bouillon a répondu pour moi mais sans donner de détails.

J'ai passé une semaine épouvantable, j'étais tellement fatigué que je ne pouvais pas me tenir debout, j'avais tout le temps envie de vomir, je ne dormais pas de la nuit et les médicaments du médecin ne me calmaient pas.

Il m'avait prescrit de boire toutes les heures un grand verre d'eau de Vichy tiède, et Pascaline avait été obligée d'aller en acheter une caisse chez l'épicier du village.

La honte !... En rentrant, elle avait arraché toutes les étiquettes des bouteilles pour ne pas avoir sous les yeux le nom maudit de Vichy, qu'elle appelait « le lupanar du Maréchal ».

Petit à petit, j'ai été mieux. Je me suis remis à manger et j'ai recommencé à faire les devoirs que me donnait l'abbé Bouillon, mais, quand je séchais, je n'avais plus personne à qui demander un tuyau et je me mettais à pleurer.

Un jeudi, l'abbé m'a proposé d'aller aux champignons avec lui. Il avait plu une bonne partie de la nuit et nous avons ramassé un plein panier de girolles.

Sur le chemin du retour, il m'a dit :

– Bernard, tu ne crois pas que ce serait le moment d'écrire à ta maman ?

Je savais bien qu'on en arriverait là, tôt ou tard, mais j'étais assez content qu'il m'ait laissé tranquille avec ça un bon moment et surtout qu'il n'ait pas écrit lui-même, dans mon dos. C'était un curé en qui on pouvait avoir confiance.

J'ai donc écrit à maman sur une de ces fameuses cartes postales interzones. Je lui ai donné mon adresse et je lui ai dit aussi que j'aimerais bien rentrer à la maison.

Pascaline est allée mettre la carte à la poste.

Le dimanche 8 novembre, en revenant de la messe que j'avais servie, comme tous les matins depuis mon rétablissement, nous avons trouvé à la maison le maire qui nous a annoncé que les Américains avaient débarqué en Afrique du Nord.

Toute la soirée, l'abbé Bouillon a essayé de capter Londres, mais n'y est pas arrivé.

Il m'a réveillé vers minuit pour me dire qu'il avait finalement réussi, qu'il avait entendu le communiqué et que donc c'était bien vrai.

Et il a ajouté :

– Peut-être que la guerre va être finie plus tôt que prévu, alors tu pourras retrouver Nicole.

J'ai trouvé que c'était une délicate attention de sa part de penser à ça.

Le lundi suivant, quand je suis revenu des courses, Pascaline m'a dit qu'un certain Hervé avait téléphoné à la poste pour prévenir qu'il viendrait me chercher le lendemain. La postière était venue tout de suite passer la commission.

– Qui c'est-y cet Hervé ? m'a demandé Pascaline.

J'ai dit :

– Mon parrain.

Ç'aurait été trop compliqué de lui expliquer que ce n'était pas mon vrai parrain, mais seulement un ami de maman.

– Tu as un parrain, toi ? Tu as été baptisé ?

– Ben oui.

– J'y comprends plus rien. Je croyais que tu étais juif et que monsieur le curé était en train de te convertir...

Alors je lui ai sorti mon certificat de baptême, celui que maman m'avait glissé dans la poche le jour de mon départ de Compiègne.

Elle l'a lu.

– Et en plus tu t'appelles pas Leroy, mais David ? Tu veux me faire tourner en bourrique, toi. J'en ai connu, dans le temps des David, des « parpaillots » dont les ancêtres avaient pris des noms dans la Bible... Tu dois avoir des protestants dans ta famille, toi !

L'abbé Bouillon est arrivé. Elle lui a tendu mon certificat de baptême.

– Vous étiez au courant, monsieur le curé ?

– Oui et non. Mais il était préférable de ne pas en parler tant que Nicole était là.

– Pauvre Nicole !... a dit Pascaline. Où est-elle à cette heure ?

– En sécurité, a dit l'abbé.

J'aurais aimé en être sûr.

Le mardi, Hervé est arrivé en voiture, tard dans la soirée.

Il a été très froid avec moi. J'ai pensé qu'il voulait sans doute attendre que nous soyons seuls, pendant le voyage, pour me demander des explications.

Il a garé sa voiture devant l'église, une Mercedes que lui avait prêtée un civil allemand, un habitué du bar de l'Hôtel du Château où il travaillait toujours.

C'est par lui aussi qu'il avait pu avoir un *Ausweis*.

Comme il était très fatigué par la route, il a avalé une soupe à la cuisine, parlé un peu avec l'abbé des dernières nouvelles : il n'était pas du tout d'accord avec lui à propos du débarquement des Alliés en Afrique du Nord. Il disait que les Américains et les Anglais n'avaient qu'une idée : nous prendre nos colonies d'Afrique, et il espérait que Pétain allait réagir.

Pendant qu'il parlait, je voyais, par la fenêtre, des enfants du village qui s'étaient attroupés pour admirer la Mercedes.

Hervé a dormi dans l'ancienne chambre de Nicole, que Pascaline avait préparée le matin en prévision.

Le mercredi, c'était le 11 novembre. Normalement, c'était le jour où, avant la guerre, on célébrait l'anniversaire de l'armistice de 14-18, celui de la victoire de la France, qui avait aussi été signé à Rethondes, près de Compiègne.

J'ai dit adieu à l'abbé Bouillon. Il m'a embrassé. Je me suis rappelé que, quand je l'avais vu pour la première fois, il ne m'avait pas paru sympathique. Comme quoi on peut se tromper sur les gens. Pascaline pleurait et s'essuyait les yeux avec un grand mouchoir à carreaux.

Je suis monté dans la Mercedes, devant, à côté d'Hervé, et, en traversant le village, nous sommes passés devant le monument aux morts, une colonne entourée d'une grille, avec gravés dessus les noms de tous les gens du village qui étaient morts pour la France pendant la guerre de 14-18, et il y en avait vraiment beaucoup.

Un petit groupe de gens stationnait devant. J'ai reconnu le maire. Ils avaient déposé une gerbe de fleurs et ils marquaient une minute de silence.

– Qu'est-ce que c'est que cette mascarade ? a râlé Hervé. Je croyais que c'était interdit.

Nous sommes sortis du village et nous avons pris la route de Moulins.

Nous roulions depuis une bonne heure lorsque nous avons aperçu, au loin, deux motocyclistes arrêtés en plein milieu de la route.

Quand nous sommes arrivés près d'eux, nous avons vu que c'étaient des *Feldgendarmen*. Ils tenaient des bâtons surmontés de disques rouges pour régler la circulation. Ils nous ont fait signe de nous garer dans une petite route à droite.

Nous ne comprenions pas ce qui se passait, mais c'était déjà un peu bizarre de rencontrer des gendarmes allemands en zone libre.

Hervé avait déjà sorti son *Ausweis* parce qu'il croyait qu'ils allaient le lui demander, mais ils sont restés sur la route et ils ont fait signe à un paysan qui arrivait à vélo de se garer lui aussi sur le bas-côté.

C'est alors qu'on a entendu un grondement de moteurs qui se rapprochaient. Nous sommes descendus de la voiture pour voir ce qui se passait, et là, nous avons assisté à un défilé de tanks allemands. La tête des tankistes dépassait des tourelles et ils n'avaient pas de casques, mais des espèces de bérets noirs avec des lunettes de moto sur le front. J'en avais déjà vu comme ça en photo dans *Signal*, la revue qu'Hervé apportait souvent à la maison. Il est passé une bonne cinquantaine de tanks.

Quand ça a été fini, les gendarmes sont remontés sur leur moto sans s'occuper de nous et ont suivi le convoi.

En repartant, nous avons doublé le paysan sur son vélo. Il a haussé les épaules et fait une grimace pour montrer qu'il n'y comprenait rien.

Au premier village, il y avait beaucoup de monde dans la rue.

Les gens discutaient et faisaient circuler des papiers imprimés.

Hervé s'est renseigné. C'étaient des tracts qu'un avion allemand, un petit monomoteur qu'on appelait « Storch », ce qui veut dire « cigogne », à cause des grandes pattes de son train d'atterrissage, avait lancé le matin sur le village. Il s'en est fait passer un et l'a lu à haute voix.

C'était adressé aux Français, officiers et soldats de l'armée française, et c'était signé Hitler.

En gros, Hitler disait que ses troupes ne venaient pas en ennemies, mais pour empêcher les Américains et les Anglais qui étaient maintenant en Afrique du Nord de débarquer en France.

Il disait aussi que le maréchal Pétain était libre de gouverner la France comme avant.

Hervé bichait.

Un type était passé près de nous en disant :

– Cette fois-ci, c'est la guerre qui recommence… Qu'est-ce qu'elle fout l'armée de l'armistice ?

Alors là, Hervé a vu rouge. Et il s'est mis à s'engueuler avec le type. Ils se sont envoyé un tas d'arguments à la tête et un attroupement s'est formé. Il y en a qui ont traité Hervé de collabo. J'ai vu le moment où il allait se faire écharper.

– Allez !… On s'en va, m'a dit Hervé en remontant dans la voiture.

Il a démarré sur les chapeaux de roues et a failli écraser quelqu'un en partant.

Pendant plusieurs kilomètres, il a encore débité ses histoires de capitalistes anglo-saxons, de ploutocrates, de bolcheviks, de francs-maçons et surtout de youpins…

On aurait dit qu'il répétait ce qu'on lisait sur les affiches de propagande.

Alors, j'ai fait semblant de dormir.

Il a bien essayé une ou deux fois de me réveiller, mais, une fois, je dormais vraiment, et il est très difficile de me réveiller quand je dors, et l'autre fois, j'ai très bien joué la comédie. Il n'a pas insisté.

Nous sommes arrivés à Compiègne juste avant le couvre-feu.

J'avais vraiment peur. Comment maman allait-elle réagir ? C'est vrai que je lui avais fait subir une épreuve terrible. C'est seulement maintenant que je m'en rendais compte. En même temps, j'avais décidé de ne rien lui raconter de ce que j'avais fait, je voulais que ça reste entre Nicole et moi.

Hervé m'a dit d'attendre dans l'entrée et il est allé voir maman au salon. Ils ont parlé un petit moment, puis il est venu me chercher.

– Ta mère t'attend.

Je suis entré. Elle était assise dans un fauteuil en train de tricoter. Elle a à peine levé les yeux de son tricot et elle a dit :

– Ah !... Te voilà...

Et elle a seulement ajouté :

– J'ai appelé le collège. Ils sont d'accord pour que tu reprennes lundi.

J'ai bien vu qu'elle jouait la comédie. Elle était très contente que je sois revenu mais elle ne voulait pas que ça soit dit. Je ne sais pas ce qu'Hervé lui avait raconté de mon aventure, sans doute ce qu'il en savait par l'abbé Bouillon, c'est-à-dire pas grand-chose, mais elle avait compris, à ma tête, que je n'en dirais pas plus.

– Tu ne demandes pas de nouvelles de papa ?

– Tu en as ?

– Oui, il est en bonne santé. Je ne lui ai parlé de rien, ce n'était pas la peine qu'il se fasse en plus du mauvais sang. Bon. Il est tard, va te coucher.

Elle était vraiment furieuse après moi, mais elle est quand même venue m'embrasser avant que je ne m'endorme et j'ai remarqué qu'elle avait les larmes aux yeux.

Le lundi suivant, maman m'a accompagné au collège. Elle avait pris rendez-vous avec le principal pour lui expliquer pourquoi je n'avais pas pu commencer les cours en même temps que les autres. Lorsque nous sommes arrivés devant les grilles, les élèves étaient déjà rentrés en classe. La cour d'honneur était vide. Maman a sonné et le portillon automatique s'est ouvert. Au même moment, Croque-mort, le prof de maths, est arrivé en courant : il était en retard, comme d'habitude. Il a dit bonjour à maman et s'est tourné vers moi :

– Qu'est-ce qu'il lui est arrivé à ce grand garçon ? Il était malade ?

– Non, a dit maman, il s'est fait enlever par des youpins !

– C'est pas vrai !... s'est exclamé Croque-mort, visiblement ravi. Il faudra que tu me racontes ça...

Le concierge est sorti de sa loge et s'est approché.

– Monsieur le principal vous attend dans son bureau.

Au même moment, les sirènes se sont mises à hurler. Et, tout de suite, ç'a été le grand brouhaha : les portes des classes qui claquaient, les pions qui couraient dans les couloirs en criant « Alerte ! » et la cavalcade des galoches dans les escaliers.

Le concierge est allé ouvrir tout grand le portail.

Les élèves arrivaient en rangs par deux, avec leur prof du moment, franchissaient le portail et traversaient au pas de course la rue pavée pour s'engouffrer sous la voûte du château où s'ouvrait l'entrée des souterrains qui servaient d'abris pour le collège.

J'ai reconnu ma classe, avec Varault en tête de file, comme toujours. Il m'a aperçu et s'est approché.

– Tiens, un revenant !... s'est-il écrié. Qu'est-ce qui t'est arrivé, Goliath ?

Je ne voyais pas mon copain Bilinski.

– Où il est, Bilinski ? ai-je demandé.

– Le Polak ? Je n'en sais rien. Il a disparu de la circulation. Il y en a qui disent qu'il a été arrêté.

La DCA s'est mise à tirer.

– Aux abris !… Aux abris !… Allez, on se dépêche ! ont crié les pions.

J'étais presque aussi désespéré de ne pas avoir retrouvé Bilinski que d'avoir perdu Nicole. Je serais bien resté dans la cour à attendre qu'une bombe me tombe dessus et me hache en mille morceaux, mais maman m'a pris par la main et m'a entraîné vers les abris avec les autres.

APRÈS

Deux ans plus tard, le 1er septembre 1944, la ville de Compiègne était libérée par les Américains.

Depuis deux jours, nous dormions à la cave, maman et moi. Nous n'étions plus que tous les deux : en juillet 1943, Hervé s'était engagé dans la Milice et nous n'avions plus de nouvelles de lui.

Les Allemands en fuite traversaient la ville à pied, à vélo ou sur des charrettes tirées par des chevaux. Ils avaient l'air hagards. Beaucoup étaient blessés et portaient des pansements sanguinolents. Les gens les regardaient passer en silence car on n'avait plus envie de les injurier. Ils faisaient même un peu pitié.

Le soir du 31 août, le pont de l'Oise a sauté. C'était le pont de bois, qui remplaçait celui qui avait sauté en 1940, et j'ai pensé à Nicole parce que c'est sur ce pont que son père était passé en 1942 avec les autres prisonniers pour aller à la gare.

Je pensais souvent à elle. Depuis deux ans je n'avais aucune nouvelle, mais la guerre allait bientôt se terminer et je me disais que j'allais la retrouver. Je voulais lui rester fidèle et, pourtant, sans me vanter, ce n'étaient pas les occasions qui manquaient. Depuis la troisième, certains cours étaient mixtes par manque de professeurs et beaucoup de filles venaient au collège et nous tournaient autour. Elles devaient se demander pourquoi j'étais le seul à ne pas vouloir « flirter », comme on disait.

Je ne croyais plus beaucoup à Dieu et à tout ça, j'avais même, comme on dit, perdu la foi, mais je faisais quand même chaque soir une petite prière pour Nicole. Et je me disais qu'elle avait dû me considérer comme un lâcheur quand elle ne m'avait pas vu arriver dans la maison « de stricte observance ». J'espérais surtout que Mlle Simon avait bien tenu parole, elle qui avait promis à l'abbé Bouillon de ne jamais dire à Nicole que j'étais un *goy*.

Après l'explosion du pont, dont le souffle nous avait cassé quelques carreaux, la nuit a été d'un calme absolu. Nous avons, pour la première fois depuis longtemps, dormi d'une seule traite.

Le matin, maman m'a demandé de monter faire chauffer de l'eau pour le petit déjeuner pendant qu'elle tapait les paillasses sur lesquelles nous avions dormi dans la cave.

En passant devant la porte d'entrée, j'ai entendu, venant de dehors, des bruits bizarres de glissements. J'ai entrouvert la porte et là, j'ai vu les Américains, ceux qu'on attendait depuis le Débarquement. Ils avaient de gros casques verts, un peu comme ceux des Allemands, mais ils ne faisaient pas de bruit comme eux. On aurait dit qu'ils glissaient plutôt qu'ils ne marchaient. Ils n'avaient pas de clous sous leurs bottes mais des semelles de caoutchouc.

Ils descendaient notre rue sur deux files, une sur chaque trottoir, dans un silence absolu, l'œil aux aguets, communiquant par gestes brefs. Ils avaient du noir sur le visage. L'un d'eux m'a aperçu, dans l'entrebâillement de ma porte, j'ai esquissé un sourire, mais il n'a pas réagi.

Au même moment, venant de la rue d'en face, est arrivé en courant un grand Allemand terrorisé, les bras levés pour montrer qu'il se rendait. Une rafale l'a abattu.

J'ai refermé la porte. J'ai entendu maman qui me criait d'en bas :

– Qu'est-ce qui se passe ? Descends vite !

Je suis allé jusqu'à la porte de la cave et j'ai crié :

– Ça y est, on est libérés.

La guerre n'était pas finie pour autant et papa restait prisonnier. Simplement nous n'avions plus de ses nouvelles.

Petit à petit, à mesure que les Américains avançaient en Allemagne, on commençait à parler des camps de concentration. On voyait des photos de monceaux de cadavres nus et on n'arrivait pas à y croire. On a emmené tous les élèves de la ville voir un film sur la libération des camps et Varault a vomi pendant la projection.

Papa est finalement revenu quelques jours avant l'armistice qui, pour une fois, n'a pas été signé à Rethondes. J'ai eu du mal à le reconnaître : il avait passé la fin de sa captivité dans une ferme en Bavière, son visage était brûlé par le soleil, il avait une barbe broussailleuse, on aurait dit un vieux paysan, d'autant qu'il portait des sabots, car il avait perdu ses chaussures.

Il a tout de suite repris son travail d'agent d'assurances.

Il n'était plus très loquace.

Un jour, il m'a fait venir dans son bureau et m'a dit :

– Maman m'a raconté que l'été 1942 il s'est passé quelque chose… enfin que tu es parti en zone libre avec des gens…

Il avait l'air très embêté de me parler de ça. Ça m'a beaucoup touché. Il ne cherchait pas à me faire parler. Il ne voulait pas être indiscret. Il me laissait libre de lui raconter ou pas.

Alors je lui ai tout raconté, dans le détail. Évidemment, je n'ai pas parlé d'Hervé.

– Et ces gens, m'a-t-il demandé, que sont-ils devenus ? Tu n'as jamais eu de nouvelles de cette Nicole ?

– Comment aurais-je pu en avoir ?

La semaine suivante, papa a dû aller à Paris pour une réunion au siège de sa compagnie d'assurances.

Il avait touché des bons d'essence et notre vieille Peugeot marchait toujours.

Il m'a proposé de m'emmener. Il ne m'a pas dit pourquoi, mais j'ai bien compris qu'il pensait que j'en profiterais pour essayer d'avoir des nouvelles des Lévy.

Il m'a laissé près de la gare du Nord.

J'ai repris le métro, les mêmes stations, le même changement à République.

Rue Charlot, le magasin était fermé.

J'ai monté le petit escalier jusqu'au troisième étage. J'ai frappé trois coups à la porte de droite, mais c'est une femme inconnue qui est venue m'ouvrir.

J'ai demandé M. Lévy.

– Ah !… les gens qui habitaient là avant ? Je crois qu'ils sont tous morts dans les camps. Nous, on les connaissait pas. On est des réfugiés. On a été logés ici parce que l'appartement était inoccupé.

Je suis allé me renseigner auprès du tapissier dont la boutique se trouvait juste en face du magasin de Sami.

Il m'a dit la même chose.

– Et sa petite-fille ? Nicole ?

– Elle, je ne sais pas. On a dit qu'elle n'était pas avec eux quand ils ont été arrêtés. Vous devriez peut-être voir à l'hôtel Lutetia.

C'était un grand hôtel, près du métro Sèvres-Babylone, où arrivaient les déportés qui revenaient des camps de concentration. Il y avait énormément de monde. Les gens y venaient dans l'espoir de retrouver des proches dont ils n'avaient plus de nouvelles. Certains montraient aux survivants des photos de parents en demandant s'ils ne les avaient pas croisés dans leur camp.

Dans un bureau vitré de l'hôtel, j'ai aperçu Mlle Simon, la dame de l'OSE.

Elle était très occupée. J'ai attendu très longtemps avant de pouvoir l'aborder. Elle ne m'a pas reconnu tout de suite. Je lui ai rappelé le nom du village et de l'abbé Bouillon.

– Ah !... Oui, l'abbé Bouillon. Le pauvre, m'a-t-elle dit, il a été fusillé avec le maquis du coin.

– Et Nicole ?

– Nicole Lévy... La maison où elle était a été découverte par la Gestapo. Ils ont déporté tout le monde.

– Elle est revenue ?

– Ça, je n'en sais rien, mon pauvre garçon.

Devant l'hôtel, sur un panneau, au milieu des photos que les gens qui recherchaient quelqu'un affichaient pour qu'un rescapé puisse peut-être le reconnaître et donner de ses nouvelles, j'ai découvert une photo de Nicole.

C'était un cliché d'avant la guerre. Elle était très jeune, encore une enfant. Mais c'était bien elle, ses grands yeux noirs et son profil grec, et mon cœur s'est mis à battre.

À côté de moi, j'ai entendu un homme très maigre et au crâne rasé dire à une femme qu'il était dans la même baraque qu'un jeune homme dont elle lui montrait la photo et que malheureusement ce jeune homme, qui était devenu son ami, était tombé malade et avait été envoyé à la chambre à gaz. La femme s'est évanouie. Des infirmiers sont arrivés et l'ont emportée sur une civière.

J'ai retrouvé papa dans un café de la porte de la Villette.

– Alors ?

– Ils sont tous morts.

– C'est horrible.

Il m'a forcé à boire un cognac, puis un autre, moi qui n'aimais pas l'alcool, et nous sommes repartis pour Compiègne.

Cette histoire de photo me turlupinait. Puisqu'ils étaient tous morts, qui avait bien pu afficher au Lutetia une photo de Nicole ?

Le jeudi de la semaine suivante, j'ai dit à maman que j'allais passer la journée chez un copain, à Attichy, et je suis retourné en cachette à Paris.

J'ai pris le train comme la première fois. Ils réparaient les voies et, à certains endroits, le convoi était obligé de s'arrêter en pleine campagne pour en laisser passer un autre.

À l'hôtel Lutetia, c'était toujours la même bousculade. Je me suis frayé un passage jusqu'aux grands panneaux où étaient affichées les photos. Celle de Nicole n'y était plus.

Je suis allé voir un des scouts qui canalisaient la foule.

– Quand une photo a été enlevée, qu'est-ce que ça veut dire ?

– Ça dépend, ou bien on a retrouvé la personne, ou bien elle a été reconnue par quelqu'un qui sait qu'elle est décédée.

Mlle Simon n'était pas dans le bureau.

Quelqu'un m'a dit qu'elle devait être au ministère. J'ai demandé l'adresse mais, au moment où je sortais de l'hôtel pour y aller, je l'ai vue qui descendait d'une Jeep de la Croix-Rouge.

Elle m'a tout de suite reconnu.

– Ah !... Mon pauvre Bernard. Il va falloir que tu sois courageux. Je crois qu'hélas Nicole ne reviendra pas. Nous avons eu hier le témoignage d'une survivante qui était dans le même bloc qu'elle. Elle est morte dans ses bras. Elle s'est éteinte d'épuisement, elle n'a pas souffert. Elle s'est endormie pour toujours.

Elle ne m'en a pas dit plus. Quelqu'un l'appelait et elle est partie.

Je suis resté longtemps comme assommé, au milieu de tous ces gens qui murmuraient leurs espoirs ou éclataient en sanglots dans le remue-ménage des autobus et des ambulances. J'entendais dans ma tête la phrase de Mlle Simon : « Elle s'est endormie pour toujours. »

Puis j'ai marché comme un somnambule jusqu'à un square qui se trouvait un peu plus loin, devant un grand magasin, et je me suis assis sur un banc.

Nicole n'avait pas souffert. Elle s'était seulement endormie pour toujours. Et moi, je ne la reverrais jamais.

J'ai senti que j'allais pleurer, pleurer toutes les larmes de mon corps, quand j'ai vu arriver dans une allée, soutenu par une infirmière, un squelette au crâne rasé, flottant dans une capote militaire. Il s'est approché de moi, les yeux brillants et, dans le rictus qui tordait sa bouche édentée, j'ai soudain reconnu le sourire de Bilinski...

ENSUITE

Ensuite, j'ai commencé à perdre le sommeil. Il m'arrivait de pleurer une bonne partie de la nuit, mais je me cachais sous mes couvertures pour que les parents ne m'entendent pas. Pendant mes insomnies, je me remémorais tout ce qui était arrivé depuis ce jeudi de juin 1942 où j'avais ramassé dans la rue de Harlay la lettre du père de Nicole.

Nous ne sommes pas allés en vacances cette année-là parce que papa devait réorganiser son cabinet d'assurances. Alors je me suis dit que je pourrais profiter de mes insomnies pour raconter ce qui m'était arrivé. J'ai acheté un cahier Seyès à spirale. Et toutes les nuits, dans le silence, je me suis mis à écrire. Sujet, verbe, complément, comme nous le conseillait Charlot, le moins d'adjectifs possible, pas de fioritures.

Petit à petit, ça m'a soulagé et j'ai fini par m'habituer

à l'idée que je ne reverrais plus jamais Nicole, j'ai fini par penser à elle avec une grande tendresse, mais sans désespoir. Je me disais que c'était mon premier amour et que souvent le premier amour disparaît de votre vie, mais demeure à jamais dans votre cœur.

En septembre, j'avais fini. J'ai eu envie de faire lire à Bilinski ce que j'avais écrit. Ses parents et sa sœur étaient tous les trois morts en déportation et il avait été recueilli dans un sanatorium, près de Pierrefonds. J'ai pris mon vélo et je suis allé le voir. Ses cheveux commençaient à repousser.

– Il paraît que ça va mieux, m'a-t-il dit avec un petit sourire triste.

Quand j'ai voulu en savoir plus sur ce qui lui était arrivé, sur ce qui s'était vraiment passé dans son camp, il a commencé à me raconter son arrivée là-bas, sa première nuit, l'appel à l'aube au milieu des autres déportés, et puis il s'est arrêté, il s'est brusquement fermé et m'a dit qu'il ne pouvait pas en parler, qu'il n'en parlerait jamais.

Du coup, je n'ai même pas osé lui montrer ce que j'avais écrit, j'avais presque honte d'avoir vécu ce que j'avais vécu, et mon histoire m'a semblé soudain futile, inutile.

Alors j'ai décidé de faire comme papa avec son revolver : soulever une lame du parquet de ma chambre et cacher mon petit cahier entre deux solives.

DANS LA MÊME COLLECTION

Claudine Aubrun
Les Contes de la bisbille

Marie Bertherat
N, princesse rebelle

Sylviane Doise
La Malédiction de Jack l'Éventreur

Ricardo Gomez
Œil de Nuage

Katherine Hannigan
Ida B.

Nicole Parrot
Treize étranges histoires

Rosa Amanda Strausz
Un garçon comme moi

RÉALISATION : NORD COMPO À VILLENEUVE-D'ASCQ
IMPRESSION : XXXXX
DÉPÔT LÉGAL : OCTOBRE 2007
ACHEVÉ D'IMPRIMER EN SEPTEMBRE 2007
SUR LES PRESSES DE RODESA EN ESPAGNE